Deseo™

Millonario [illegible]cógnito

Mary[illegible]

HARLEQUIN™

Editado por HARLEQUIN IBÉRICA, S.A.
Núñez de Balboa, 56
28001 Madrid

MILLONARIO DE INCÓGNITO, N.º 1627 - 10.12.08
Título original: The Magnate's Takeover
Publicada originalmente por Silhouette® Books

I.S.B.N.: 978-84-671-6654-5
Depósito legal: B-43838-2008
Editor responsable: Luis Pugni
Preimpresión y fotomecánica: M.T. Color & Diseño, S.L.
C/. Colquide, 6 portal 2 - 3º H. 28230 Las Rozas (Madrid)
Impresión y encuadernación: LITOGRAFÍA ROSÉS, S.A.
C/. Energía, 11. 08850 Gavá (Barcelona)
Fecha impresion para Argentina: 8.6.09
Distribuidor exclusivo para España: LOGISTA
Distribuidor para México: CODIPLYRSA
Distribuidores para Argentina: interior, BERTRAN, S.A.C. Vélez Sársfield, 1950. Cap. Fed./ Buenos Aires y Gran Buenos Aires, VACCARO SÁNCHEZ y Cía, S.A.
Distribuidor para Chile: DISTRIBUIDORA ALFA, S.A.

Prólogo

Bueno, queridas, es casi Halloween y tenemos montones de regalos y golosinas para vosotras. ¿Hablamos otra vez del MS? De ese tan generoso y misterioso Millonario Solitario que se cree ha aparecido de nuevo en el Medio Oeste con su generosidad y que atravesaría volando el país por la mayoría de vosotras, queridas lectoras.

Desgraciadamente, nuestra información no va mucho más allá de la geografía a estas alturas. Seguramente alguien por ahí en el vasto interior tiene una información clave que ella o él estaría encantado de compartir. Llámame, como se suele decir, soy todo oídos.

Sam Balfour arrojó el periódico sobre la mesa como si estuviese matando una mosca.

–Esta mujer es peor que un sabueso –dijo.

S. Edward Balfour IV, conocido como tío Ned, alzó la vista de su periódico.

–Es persistente. Eso te lo garantizo. Podríamos tener algunas más como ella en el equipo.

–Nuestro equipo, como tú lo llamas en tono desenfadado, tío Ned, está a punto de ser descubierto por esa arpía. ¿No te preocupa aunque sea un poco?

–No –dijo su tío–. En realidad, tengo otras cosas de qué preocuparme. Mira –le pasó un grueso libro por encima de la mesa–. Échale un vistazo y dime lo que piensas.

Sam, aún con los dientes apretados, hojeó las páginas, la mayor parte fotografías de moteles abandonados del Medio Oeste.

–Son fotos bonitas –dijo–, si te gustan las cosas así.

–Me gustan –dijo su tío mientras sacaba una carpeta verde de un cajón del escritorio–. Ocúpate de esto por mí, haz el favor.

–Estás loco, ¿sabes?, al seguir adelante con este jueguecito –dijo Sam en tono de advertencia.

Su tío se limitó a sonreír.

–Creo que todos estamos un poco locos de un modo u otro. Léete el informe, Sam. Después asegúrate de que el cheque de costumbre le llega a la señorita Libby Jost antes del viernes.

Sam sólo pudo suspirar. Otra vez lo mismo...

Capítulo Uno

–Por ti, maravilloso edificio.

Libby Jost miró por la ventana y alzó su copa de vino una vez más para brindar por el hotel para convenciones con más de veinte plantas al otro lado de la autopista al oeste de San Luis. Era otoño y los árboles estaban casi sin hojas, lo que permitía ver por encima de los seis carriles las brillantes luces de Halstrom Marquis que titilaban como rubíes a la izquierda de su Chianti tinto.

–Y por ti, señor Halstrom, esté donde esté y si existe. Bienvenido a la vecindad –se bebió el vino que le quedaba y después una sonrisa tonta iluminó sus labios–. ¿Por qué te has demorado tanto?

Dejó la copa vacía, se puso en pie y de inmediato se dio cuenta de que se había pasado con la celebración. Demasiado para una persona que sólo bebía en contadas ocasiones. La última vez que había bebido, incidentalmente, había sido una copa de champán en Nochevieja. Definitivamente no tenía costumbre, decidió, y pensó que era un buen momento para salir a tomar el fresco aire de octubre, así que apagó el interruptor general de la luz y salió tambaleándose por la puerta.

Una vez fuera, Libby miró el antiguo cartel de neón de *No hay habitaciones* parpadeando encima de la puerta de la oficina. ¡Qué triste!, pensó. Después de todos esos años, esas décadas, era seguramente una especie de milagro que la h, dos as y media t aún siguieran luciendo. La sola visión de la señal la hubiera deprimido sólo unos meses antes, pero no esa noche. No le preocupaba en absoluto porque sabía que pronto habría un luminoso nuevo y en lugar de estar siempre vacío el Haven View Motor Court estaría lleno de huéspedes y diversión.

De nuevo, como había hecho miles de veces las últimas semanas, dio las gracias en silencio al Santa Claus anónimo que le había enviado un cheque de cincuenta mil dólares como reconocimiento de su último libro de fotografías de los viejos y desvencijados moteles del Medio Oeste. Libby Jost era, lo primero y por encima de todo, una fotógrafa seria que había trabajado para la prensa de San Luis durante casi diez años. Había obtenido numerosos reconocimientos, pero la mayor parte de ellos en forma de placas y certificados enmarcados normalmente acompañados de largos y aburridos discursos y amables aplausos. Una vez le habían dado un cheque de doscientos dólares por una foto del Gateway Arch en una mañana de niebla, pero nunca nada que se acercase a los cincuenta mil.

El enorme e inesperado cheque no sólo incrementaba el orgullo por su trabajo, sino que también le proveía de los recursos necesarios para ayudar a su tía Elizabeth, la mujer que la había criado allí, en su maltrecho motel, tras la muerte de sus padres en un accidente de coche cuando Libby empezaba a andar.

La tía Elizabeth no le había pedido ayuda, pero ella se la había prestado. En cuanto Libby se había dado cuenta de que los cincuenta mil dólares no eran ni una broma o un reclamo de alguna clase, había arreglado poder tomarse una excedencia del periódico y había empezado a hacer planes para revitalizar el moribundo motel. Era el sueño de su tía, después de todo, y Libby sentía que se lo debía para que pudiera mantener ese sueño vivo la mayor cantidad de tiempo posible.

Y mientras daba las gracias, dirigió algunas de ellas a Halstrom Marquis, que pronto estaría mandando su exceso de huéspedes al otro lado de la autopista al remodelado y atractivo Haven View.

Libby estaba decidida a conseguir que eso sucediera. El Santa anónimo le había dado el dinero para ponerlo en marcha. Ella se había tomado su tiempo para ser austera en los planes y ajustar los gastos al máximo. En ese momento estaba lista para empezar.

Saliendo al acceso de gravilla se dio cuenta de que una de las farolas estaba apagada. Maldición, si no era una cosa era otra lo que le provocaba irritación. Las bombillas para exteriores eran muy caras, incluso en las tiendas baratas, y parecían quemarse con demasiada frecuencia.

A lo mejor podía dejar una apagada una temporada, quizá nadie se daba cuenta. No había ningún huésped, pero después de una mirada al hotel maravillosamente iluminado al otro lado de la autopista, suspiró. Entró en la oficina en busca de una escalera y una bombilla.

No había sido una de las mejores ideas que había tenido, pensó Libby diez minutos después meciéndose en la escalera mientras trataba de hacer juegos malabares con un gran globo, una bombilla fundida, una bombilla nueva y los cuatro tornillos de la farola. Había sido una idea espantosa. Ya podía imaginarse los titulares del periódico: *Una mujer, ebria, muere bajo una farola.*

Y si eso aún no era un desastre, seguramente se convertiría en ello cuando el motor de un coche rugió tras ella, los faros iluminaron el aparcamiento y las ruedas hicieron sonar la gravilla. ¿Un cliente a esa hora de la noche? Eso no era muy común. El motel no había tenido ni un huésped en tres o cuatro semanas.

Trató de mirar por encima del hombro para ver quién era, pero los faros la cegaron. Cuando oyó que se abría la puerta del coche y después que se cerraba, el corazón se le hizo un nudo y no fue capaz de gritar.

Eso no era bueno. Nada bueno. Era terrible. Un extraño gemido le brotó de los labios.

Entonces Libby se soltó y el globo y las bombillas se le cayeron al suelo y ella estuvo a punto de hacer lo mismo cuando una voz dijo:

–Agárrese.

Dos manos le sujetaron la cintura.

–Ya la tengo –dijo la voz–. Está bien. Tranquilícese y baje por la escalera.

Libby, presa total del pánico, trató de soltarse de ese hombre y se agarró aún más fuerte a la farola.

–Maldición –gruñó el hombre afirmando las manos en su cintura–. Le he dicho que ya la tengo.

Así era, pero ¿qué otra cosa podía hacer ella? Libby contuvo la respiración y se soltó de la farola preguntándose si toda su vida pasaría por delante de sus ojos en ese momento que se acercaba al final.

Sintió como si cayera en el abrazo de un oso gigante. Los brazos que la agarraron eran cálidos y la rodeaban entera. Después el vidrio crujió bajo los pies del oso, dio unos pocos pasos y la depositó en el suelo.

Estaba a salvo, pero sólo un segundo. El oso se giró hacia ella con los ojos brillantes.

–¿Qué demonios hacía ahí arriba? –gruñó–. Podría haberse roto el cuello.

El corazón de Libby latía como un martillo pilón. Sentía las piernas como de gelatina y aún no estaba completamente sobria. De hecho, estaba muy lejos de eso. Pero en ese momento, en lugar de sentirse achispada y asustada, se sentía achispada y loca porque el oso volviera a abrazarla.

–Bueno, es mi cuello.

Él apenas la miraba, pero al instante le clavó los ojos como si quisiera memorizar sus facciones o si estuviera calculando las calorías que se comería si le diese un mordisco.

Libby le devolvió la mirada beligerante y se encontró con un rostro más duro que guapo. Incluso a la semioscuridad del camino de acceso, habría dicho que tenía los ojos de un color avellana profundo y que la línea de su barbilla era como el granito. Era bien parecido, para ser un oso. Volvió a tambalearse tratando de mantener el equilibrio y acabó un poco más cerca de él. Olía divinamente, aunque estaba demasiado achispada como para reconocer el aroma. Entonces él sonrió. Fue una súbita y maravillosa sorpresa que sacó a la luz una serie de atractivas líneas de expresión a ambos lados de su boca.

–Un cuello adorable –dijo él tendiendo la mano pata tocar el martilleante pulso de su garganta.

Libby parpadeó.

–Gracias –dijo ella–. Eso creo.

La hostilidad que había surgido repentinamente entre los dos se desvaneció en el frío aire de la noche. Libby miró el coche, un elegante Jaguar oscuro, y se convenció de que ese tipo no era un ladrón o un violador o, lo que más importaba, un cliente. La gente que se quedaba en esos días en el Haven View solía ir en furgonetas sucias y sedanes descascarillados.

Pero antes de que pudiera preguntar al tipo del Jaguar quién o qué era, él se le adelantó:

–¿Está el jefe?

Libby casi se echó a reír. Toda la vida había parecido mucho más joven de lo que realmente era. En ese momento, aunque tenía treinta años, podía pasar por una chica de diecinueve o veinte. Y desde luego no parecía la «jefa» en su estado de pánico y ligeramente ebria.

Bueno, en realidad ella no era realmente la jefa. El motel pertenecía a su tía Elizabeth, después de todo, desde hacía cincuenta años, pero mientras que su tía estuviera en una clínica recuperándose de una fractura de cadera, Libby era la encargada.

–La jefa –dijo ella– está temporalmente retirada del servicio, así que yo soy la que está a cargo de todo esto –intentó parecer un poco más alta, un poco más serena, incluso aunque aún viera un poco borroso. Le tendió una mano–. Soy Libby Jost. ¿Qué puedo hacer por usted?

En los labios de él se dibujó otra sorprendente y atractiva sonrisa.

–No creo que puedas hacer mucho por nadie en este momento, pequeña Libby –le estrechó la mano–. ¿Qué piensas?

¿Qué pensaba ella? Pensaba que había algo de acento texano en su forma de hablar, y después pensó que iba a vomitar en medio del aparcamiento si no conseguía llegar antes a la oficina.

–Disculpe –murmuró, y salió corriendo todo lo rápido que le permitieron sus tambaleantes piernas.

Bueno, no era la primera vez que se encontraba con una mujer hermosa que había bebido demasiado, pensó David Halstrom, pero sí era la primera vez que la había visto a dos metros del suelo subida a una farola con aspecto de ángel caído ebrio. Era tan bonita, incluso a la tenue luz de la farola, con su pelo rubio rojizo y sus pecas que casi había olvidado para qué había ido hasta esas ruinas en el fin del mundo.

Suspiró y pensó que debería ir a echar un vistazo a ver cómo estaba, así que echó a andar en dirección al zumbido del estropeado luminoso. Llamó a la puerta, esperó un momento y cuando no obtuvo ninguna respuesta, entró a lo que parecía la oficina de aquel desastre del que ella decía ser la encargada. Demonios, era muy evidente que, si no podía encargarse de sí misma, mucho menos podía hacerlo de un motel.

La oficina era tan de mal gusto como esperaba, algo como de los años cincuenta si no más antiguo.

No le sorprendió ver una pequeña televisión en blanco y negro con unas antenas de orejas de conejo encima en una esquina de la habitación, justo al lado de una ventana con una hilera de plantas medio secas. Dios bendito, ¿realmente alguien se quedaría allí? ¿Pagarían por dormir en un sitio como ése?

Había un sofá con motivos florales en una de las paredes. En la mesa de delante del sofá había una botella de Chianti y una copa vacía. El veneno de la encargada, sin duda.

Llamó suavemente a la puerta contigua, después la abrió unos pocos centímetros y vio a la suave luz un dormitorio que no estaba tan destrozado como el vestíbulo. Había un suave olor a lavanda en la pequeña habitación y, en el centro de la cama, bajo las mantas, reconoció la forma de Libby.

Bien, pensó. Estaba dormida y al día siguiente tendría un buen dolor de cabeza que le recordaría los peligros del vino barato.

–Duerme bien, ángel –susurró–. Cuando pierdas este trabajo, podrás trabajar para mí.

Cerró la puerta con cuidado y volvió al aparcamiento.

Un rápido paseo alrededor de la propiedad sólo sirvió para confirmar las sospechas de David. El lugar era un completo desastre que sólo valía la pena demoler en lugar de arreglar. Volvió a su coche y se dirigió a su hotel al otro lado de la autopista. Mientras conducía, pulsó el botón del teléfono de su asistente.

Jeff Montgomery seguramente estaría en medio de una cena, pensó, pero la llamada no le sorprendería, tampoco la exigencia de David de que se pusiera en acción de un modo inmediato. El joven llevaba cinco años trabajando para él y parecía llevar el estrés y los frecuentes viajes tan bien como la cantidad de tareas diferentes que David le encomendaba, desde «asegúrate que mi declaración de impuestos esté preparada a las seis», hasta «prepara una propuesta para las fincas de Nuevo México».

Por la tarde David le había dicho:

–Necesito saber todo lo que se pueda del Haven View Motor Court que está en frente del hotel. ¿De quién es? ¿Tiene deudas? ¿En qué situación fiscal se encuentra? Todo. Y mientras escarbas, a ver qué puedes averiguar de una mujer llamada Libby Jost. Lo quiero en mi mesa mañana por la mañana. A la diez como muy tarde.

–Lo tendrá, jefe –había sido su respuesta automática.

David Halstrom estaba acostumbrado a las respuestas automáticas. Estaba acostumbrado a obtener lo que quería, de hecho, se imaginaba que sería el dueño del maltrecho motel en unos pocos días, una semana a lo sumo. Y si no se hacía con el ángel caído de pelo rubio rojizo, al menos lo tendría en nómina.

Capítulo Dos

La las diez de la mañana del día siguiente Libby, con unos vaqueros desteñidos y un grueso jersey blanco de cuello de cisne, no estaba muy sorprendida por el dolor de cabeza que tenía mientras seguía al pintor alrededor de Haven View. Prefería no pensar en la noche anterior, aunque seguía preguntándose qué habría pasado con el guapo oso.

Como la mayoría de los días, una cámara colgaba de su cuello porque una buena fotógrafa nunca sabía dónde se presentaría una buena foto. Esa mañana, sin embargo, la cinta de la cámara la sentía más como una soga que como lo que era. Pesaba más que nunca. Agradeció que el pintor no caminara muy deprisa, lo que le permitía dar algunos sorbos de un café muy caliente mientras intentaba interpretar los gestos de su rostro.

Algunas veces el hombre alzaba juntas las dos cejas como si estuviera pensando. «Humm, esta madera vieja de las ventanas va ser algo difícil. No será barato». Otras veces entornaba los ojos y se mordía el labio inferior, lo que Libby interpretaba como «no hay suficiente pintura en Missouri para conseguir que este desastre tenga mejor aspecto». Una vez incluso suspiró con dramatismo y después miró al cielo, lo que seguramente significaba que no haría ese trabajo por mucho que le pagase.

Finalmente la incertidumbre era más de lo que podía soportar, sin mencionar la anticipada humillación que sentiría cuando le dijera que el sitio no era lo bastante bueno como para pintarlo, así que le dijo al hombre que se tomara su tiempo y se marchó. Volvió a la oficina deteniéndose una vez más para mirar a la farola y cerciorarse de que había recogido todos los cristales fruto del lamentable incidente de la noche anterior.

Casi había llegado a la oficina cuando oyó el sonido familiar de un elegante coche. Mientras se daba la vuelta para ver acercarse el vehículo verde oscuro, Libby habría jurado que había sentido una vibración sexual provocada por su motor en la parte baja del vientre. Oh, Dios, no iba a volver a beber Chianti en mucho, mucho tiempo.

O quizá lo que sentía era una profunda vergüenza por haber perdido el control del modo que lo había hecho la noche anterior. Fuera quien fuera ese tipo y quisiera lo que quisiera, su opinión sobre ella debía de ser de lo más bajo. Si no otra cosa, pensó que al menos le debía una disculpa además de unas sinceras gracias por haberla rescatado de lo alto de la farola.

También pensó, mientras miraba su fabuloso coche, que el automóvil debía de valer más, mucho más, de sus cincuenta mil dólares de fortuna sorpresa. ¡Qué deprimente era eso! Aun así, eso contribuyó a incrementar su interés por el hombre que se sentaba tras el volante y las intenciones que pudiera albergar.

De un modo reflejo, dejó el café en el suelo y alzó la cámara, se metió la tapa del objetivo en el bolsillo, comprobó que la apertura era la adecuada para la brillante mañana y le hizo una fotografía saliendo del coche.

Le pareció más alto y musculoso de lo que recordaba de la noche anterior, pero las facciones de su rostro coincidían con sus recuerdos a la perfección. Eran duras. Masculinas hasta la médula. Eran más adecuadas para una polvorienta furgoneta abierta que para un lujoso sedán.

Su rostro, sin embargo, estaba protegido por su mano mientras se acercaba a ella. Maldición. Realmente quería capturar esas facciones de hombre de campo, especialmente la maravillosa sonrisa, pero las mantenía ocultas mientras se acercaba.

Bajó la cámara. Él bajó la mano.

–¿Qué tal estás esta mañana? –preguntó él.

Notando la sonrisa afectada, Libby rápidamente forzó una sonrisa amplia y brillante en respuesta.

–Al cien por cien.

–¿De verdad? –preguntó inclinando la cabeza y escrutando su rostro con los ojos color de otoño.

–Bueno –se encogió de hombros. Ese hombre había notado perfectamente su estado la noche anterior. Prácticamente se había caído encima de él. No tenía mucho sentido negar nada–, puede que al noventa y cinco. En realidad se acerca más al ochenta y cinco, pero subiendo.

–Sí –dijo agachándose a recoger el café del suelo y después poniéndoselo en la mano–. El alcohol suele provocar eso –su mirada pasó del rostro al cuello de cisne, se detuvo en los pechos un segundo y después se concentró en la Nikon–. ¿Para qué es la cámara?

–Soy fotógrafa –dio un sorbo de la taza.

–Pensaba que eras encargada de motel.

Libby se echó a reír.

–Bueno, soy las dos cosas, supongo. Soy Libby Jost –la gente de la zona solía conocerla por las fotografías en el periódico, pero no pareció ocurrir eso con él. Tendió la mano–. Y tú eres...

–David –dijo él estrechándole la mano con más fuerza de la que ella esperaba–. Soy... –frunció el ceño ligeramente e inclinó la cabeza hacia el norte, en dirección al hotel del otro lado de la autopista–. Soy el arquitecto de esa brillante caja.

En ese momento la enorme y brillante fachada de espejos del Halstrom Marquis estaba completamente llena del hermoso azul del cielo de otoño y unas pocas nubes de algodón. A Libby le gustaba más cada vez que lo miraba.

–Es asombroso –dijo ella–. Has hecho un trabajo realmente espectacular. Y confieso que me encanta fotografiarlo desde perspectivas diferentes y en días distintos. Hoy parece un trozo de cielo vertical.

–Gracias. Faltan pocos días para la gran inauguración. ¿Te gustaría tener una invitación? –sonrió de un modo casi demoníaco–. Seguro que habrá bebida a raudales, si eso es un incentivo.

Libby puso los ojos en blanco.

–Renuncio. Confía en mí, pero me encantaría estar invitada. Gracias.

–Ya lo estás –sacó un móvil del bolsillo y un segundo después le decía a alguien que la incluyera en la lista de invitados–. No, todo va bien. No te preocupes ahora de cómo se escribe el nombre. No, no hace falta dirección –dijo–, la entregaré yo personalmente.

Por alguna razón esa utilización de la palabra «personalmente» y el modo en que la miraba cuando la había pronunciado hicieron que una cascada de diminutos estremecimientos recorrieran la espalda de Libby. Dio otro sorbo al café con la esperanza de que así desaparecieran.

Ese tipo era bueno, pensó. No era bueno sólo con los edificios, sino también con las mujeres. Al menos su técnica parecía estar funcionando muy bien con ella. Se terminó el café.

Era tan consciente de su propio interior chisporroteante que ni siquiera se dio cuenta de que el pintor estaba detrás de ella hasta que carraspeó.

–Aquí tiene el presupuesto, señorita Jost. Supongo que sabe que es un trabajo grande, considerando la edad del edificio y todo eso. Mi número de teléfono está arriba de la hoja –señaló con una uña manchada de pintura–. Llámeme cuando decida algo.

–De acuerdo. Gracias por venir. Estaremos en contacto –estaba emocionada, sorprendida por que quisiera aceptar el trabajo.

El hombre se alejó y Libby pasó las páginas para mirar la importante última línea. Al leerla casi sintió que los ojos se le salían como a un personaje de dibujos animados. No sabía si gritar o caerse muerta allí mismo o lanzarse a la autopista. Podría hacer las tres cosas, pensó desolada. Aquello era terrible.

Quería treinta y siete mil dólares por toda la pintura y las reparaciones que había que hacer, lo que le dejaría la sorprendente suma de trece mil dólares para reparaciones igual de necesarias tales como fontanería, alicatado, enmoquetado, poner camas y luces nuevas, sin mencionar los anuncios y las señales luminosas nuevas en la puerta de la oficina. No tenía ni idea de que los sueños fueran tan increíblemente caros, imposibles de alcanzar.

Libby estaba tan aturdida, tan completamente estupefacta que sólo fue vagamente consciente de que David le había quitado el papel de las manos. Lo siguiente que oyó fue un juramento y una especie de gruñido como de un oso seguido del sonido de un papel al rasgarse. El presupuesto del pintor cayó al suelo hecho mil pedazos como una inesperada nevada.

–Esto es una completa barbaridad –dijo David–. Es peor que un atraco de autopista. Apuesto lo que quieras a que el tipo no quiere hacer el trabajo, Libby, por eso ha inflado tanto el precio. Sólo quiere asustarte.

–Bueno, ha funcionado –dijo tratando de acompañar sus palabras de una risita–. Estoy impaciente por ver los sustos del fontanero y el electricista. Ya me los puedo imaginar. Es como si fuera Halloween todos los días de la semana. ¡Susto o muerte! –había un ligero pero indudable temor en su voz que el sarcasmo no podía disimular, aunque a ella le daba igual.

–Mira –dijo David–. Puedo mandar a mi gente dos o tres días por aquí a ver qué pueden hacer. Pueden pintarte esto por la décima parte. Incluso menos, te apuesto lo que quieras.

–¿Tu gente? –cerró los ojos un momento con la esperanza de que desapareciera de una vez el dolor de cabeza–. No entiendo nada.

David ya estaba abriendo el teléfono mientras le respondía.

–Los pintores del Marquis.

–Pero tú eres el arquitecto –parpadeó–, no puedes...

–Arquitecto o no, resulta que soy la persona para la que trabajan ahora –dijo sonando a jefe.

–Pero...

Cerró el teléfono y la miró de un modo que pareció cuestionar no sólo su capacidad para tomar decisiones, sino también su inteligencia básica.

–Mira –dijo él–. Es realmente muy sencillo. ¿Quieres que te pinten el motel por un precio razonable o no? Sí o no.

Era evidente que era un hombre acostumbrado a tomar decisiones rápidas, pensó Libby, mientras que ella tendía a dar vueltas a las cosas antes de estar segura de nada, en mucho casos sólo semisegura. Dar vueltas a las cosas tenía sus beneficios, pero quizá la rapidez era lo más adecuado para ese momento.

–Sí –dijo ella–. Sí, quiero que me hagan el trabajo a un precio razonable. En realidad, lo que quiero es un trabajo perfecto a un precio de ganga.

–Lo tendrás –dijo él. Marcó un número, ladró algunas órdenes puntualizadas aquí y allá con algunos juramentos, cerró el móvil y le dijo–: Un equipo estará aquí en veinte minutos. Haz una lista con todo lo que quieres hacer. Al detalle.

Libby asintió. Podía hacer esa lista en menos de cinco segundos, pensó. El número uno lo ocupaba pintar todo. No había número dos.

***

Mientras Libby hacía la lista en la oficina, David se dio una vuelta alrededor del desvencijado motel una vez más, murmurando entre dientes y diciéndose a sí mismo que debía de haber perdido el juicio. Acababa de hacer una de las mayores estupideces de su vida al ofrecerle ayuda para arreglar algo que tenía intención de derribar. Sacudió la cabeza.

Por otro lado, sus pintores iban ajustados al minuto en las obras del Marquis, así que esa excursión al otro lado de la autopista no le iba a costar mucho. No era por el dinero, pensó. Era cada vez más por esa mujer, la voluptuosa rubia rojiza.

Se le había metido en el cerebro lo bastante como para que incluso hubiera mentido sobre quién era. Se había presentado como el arquitecto del Marquis, un arquitecto, por Dios, un contratado en lugar del dueño. Sólo eso ya era suficiente para hacer que se planteara su equilibrio mental.

No había planeado realmente hacer nada de todo eso o ensayado el engaño, aquello había surgido simplemente cuando ella le había tendido la cálida mano y después había preguntado: «¿Y tú eres?». Durante un instante, mientras sostenía su mano, no había estado muy seguro de quién era, dónde estaba o qué hacía.

No era un mentiroso, aunque podía reconocer que algunas veces había forzado la verdad en los negocios. Pero en su vida personal, particularmente con las mujeres, nunca mentía y nunca prometía nada que no pensara cumplir entre el momento en que decía hola a una mujer y cuando se despedía de ella. Y había dicho adiós muchas veces en su vida.

Había pasado año tras año viendo cómo los rostros de las mujeres y su lenguaje corporal cambiaban repentinamente cuando decía que se llamaba David Halstrom. Era como pasar de ser Zorba el griego a Aristóteles Onasis en un abrir y cerrar de ojos, una y otra vez, año tras año, mujer tras mujer. Las mujeres miraban a Zorba con curiosidad, agrado y genuino afecto. A Onasis lo miraban como quien ve su propio reflejo en el escaparate de un banco.

Tenía treinta y seis años y era millonario desde los veintiuno y expuesto al ojo público desde hacía más de una década. Pero hasta que se había fijado en Libby Jost, con su pelo rubio rojizo y sus ojos azules y sus casi perfectas curvas, David no se había dado cuenta de la necesidad que tenía de que le trataran como a una persona normal y no como a una caja registradora.

¡Qué demonios! Sería arquitecto unas cuantas semanas y después confesaría, y el que tuviera más dinero que Dios, suavizaría mucho la decepción de Libby Jost.

Mientras tanto, decidió que sería mejor irse antes de que llegasen los pintores y lo llamasen por su nombre. Se detuvo en la destartalada oficina para despedirse de Libby y darle su número privado por si necesitaba algo de él, y fue entonces cuando pronunció las palabras que hicieron a David darse cuente de cuánto deseaba que ella lo necesitara.

Los pintores resultaron ser cuatro hombres jóvenes de entre veinte y treinta años, todos vestidos con monos cubiertos de manchas de pintura y todos con el pelo largo recogido en una coleta y *piercings* en algún que otro sitio. Parecían más una banda de rock que un grupo de pintores profesionales. Esperó que David supiera lo que hacía cuando les entregó la lista, dieron una vuelta alrededor del motel y después esperó las malas noticias.

–Bueno –preguntó cuando terminaron la inspección–. ¿Podéis hacerlo? ¿Por cuánto?

Contuvo la respiración anticipando la negativa.

El más alto de todos se encogió de hombros y resopló.

–Bueno, es un reto, señora, de eso no hay duda, pero seguro que podemos hacerlo. Demonios, sí. Y por cuánto... por lo que sé, sólo tendrá que pagar la pintura. Estamos contratados por el Marquis, así que podemos pintar en un sitio o en el otro. Aquí o allí. Nos da lo mismo.

Libby seguía sin respirar esperando la cifra de la última línea.

–Supongo que con unos setecientos dólares cubriremos los gastos –dijo el pintor–. Dólar arriba o abajo –después sacó un muestrario de colores del bolsillo trasero–. Si quiere elegir ahora el color principal, señora, podemos ir a buscarlo y empezar después de la comida.

Libby seguía aún unos compases por detrás de ellos celebrando los setecientos dólares como si le hubiese tocado la lotería. De pronto las cosas habían vuelto a encarrilarse, pensó, después de esa mañana de descarrilamientos.

–¿Señora? –agitó el muestrario de colores delante de ella.

–Oh, lo siento –miró los colores–. Bueno, no

será muy difícil. Tengo el color en la cabeza desde hace semanas. Quiero un crema marfil para las paredes. Éste –señaló una muestra–. Y quiero un maravilloso verde profundo para las puertas y los ribetes. Ése. Exactamente ése, es perfecto.

–Bien –dijo el pintor, y después se volvió hacia el resto–. Estamos listos, a la furgoneta, muchachos. En marcha.

Libby también se puso en marcha en cuanto llegó su sustituto en la recepción, Douglas Porter. Lo conocía desde que tenía dos años y si su tía Elizabeth era la figura materna en la vida de Libby, entonces Doug definitivamente era la paterna después de tantos años. Su asistencia fiel a docenas de obras de teatro escolares y reuniones con profesores, y su presencia en todos los eventos importantes de su vida lo cualificaban más que de sobra para esa clase de paternidad. Además Doug le había regalado la primera cámara de su vida cuando había cumplido diez años, después había pasado horas con ella enseñándole a usarla, sin mencionar la pequeña fortuna que se había gastado en películas, filtros, objetivos y costes de revelado.

Pero no era realmente su tío. Había sido el padrino en la boda de su tía Elizabeth y su tío Joe y, después de que Joe desapareciera en Corea hacía más de cincuenta años, Doug sencillamente se había quedado por allí. Era evidente para cualquiera que tuviera ojos que amaba a su tía, y siempre entristecía a Libby que no se hubieran casado.

–Elizabeth está mucho más animada hoy, Lib –anunció cuando entró en la oficina–. Te alegrarás de verlo, seguro. ¿Qué ha pasado por aquí? ¿Cuántos huéspedes hemos tenido?

Se había convertido en una broma habitual entre ambos. Él preguntaba por los huéspedes y ella siempre respondía:

–No más de los que se pueden manejar, Doug –se detuvo mientras salía–. Oh, esperamos a unos pintores esta tarde. Ya saben lo que tienen que hacer, así que tú no tienes que hacer nada.

–¿Pintores? –alzó las cejas blancas prácticamente hasta el cuero cabelludo–. ¿Por qué demonios...?

–Nada importante –dijo en tono despreocupado–. Sólo algunos retoques.

Mientras cerraba la puerta de la oficina pudo oír algo sobre tirar el dinero y pedir peras al olmo.

Libby seguía sonriendo cuando, tras aparcar frente al centro de rehabilitación, recorrió los brillantes pasillos en dirección a la habitación de su tía. Llamó suavemente, abrió la puerta y se alegró al comprobar que la gruñona compañera de habitación no estaba en ese momento, pero no muy feliz al ver la expresión en el rostro de la tía Elizabeth.

–Pintores, ¿Libby? ¿Has contratado pintores? ¿En qué demonios estás pensando, muchacha?

–Supongo que te ha llamado Doug –suspiró mientras acercaba una silla a la cama–. Debería haberlo supuesto. Quería darte una sorpresa, tía Elizabeth.

–Estoy sorprendida –dijo recolocando la sábana que la cubría–. Y no muy agradablemente, pequeña. No deberías tirar tu dinero de ese modo...

–Espera, espera sólo un minuto –alzó una mano como un guardia de tráfico. Algunas veces era la única forma de detener a esa mujer–. He hecho un trato muy especial, así que el trabajo va a costar muy poco. Confía en mí.

–¿Cuánto? –su tía entornó los ojos.

–Setecientos dólares.

–No te creo –soltó.

–Es verdad, tía. Te lo juro. Te enseñaré el comprobante del cheque cuando lo tenga.

La anciana chasqueó la lengua.

–¿Y supongo que ya es demasiado tarde para detener eso de la pintura?

–Sí –dijo Libby testaruda.

Su tía, igual de testaruda, miró por la ventana antes de decir:

–Bueno, entonces dime qué colores has elegido. Ya sabes que no me gustan los cambios, Libby, y cuando tu tío Joe vuelva a casa esperará que esté exactamente igual que cuando se fue a Corea.

«Después de medio siglo no va a volver a casa», deseó gritar Libby con toda la fuerza de sus pulmones, pero no lo hizo. Su tía era una mujer completamente equilibrada y razonable, y bastante más aguda que la mayoría de la gente de su edad, excepto en el asunto de negar completamente la muerte de su marido.

Si discutía con ella, si trataba de convencerla de que estaba muerto, siempre decía: «Bueno, entonces, muéstrame el certificado de defunción». Y, por supuesto, no había ninguno dado que había desaparecido en combate, así que siempre ganaba la discusión. Y así era siempre.

Cuando Libby era pequeña, sinceramente creía que su tío Joe volvería cualquier día. No recordaba la edad que tenía cuando Doug le había dicho que estaba desaparecido desde los años cincuenta y que no iba a volver a casa. Después le había dicho: «Esto es algo entre tú y yo, corazón».

Durante años los amigos y conocidos de la tía Elizabeth habían tolerado su pequeña pérdida de cordura. Incluso el bendito Doug la aceptaba por completo. Libby también había hecho lo mismo. Cuando surgía el tema, todos hacían la clásica inclinación de cabeza expresando su comprensión y pasaban a otro asunto.

¿Estaba loca? Quizá, pero la locura se circunscribía al tío Joe y su inminente retorno. Aparte de eso, la tía Elizabeth era completamente normal.

–Dime los colores, Libby –exigió otra vez.

–Te van a encantar –dijo–. He tratado de repetir el crema y el verde originales del Haven View. Sabía que eso era lo que querías.

–Eso hubiera hecho yo si hubiera estado de humor para pintar, cariño, hubiera elegido precisamente ésos. Y ahora no puedo esperar para volver a casa y verlo.

Libby asintió sintiéndose conmovida y aliviada al mismo tiempo. Al menos su primera sorpresa había terminado bien. Le quedaban unos cuarenta y nueve mil dólares de sorpresas por llegar.

Afortunadamente no hubo más sorpresas ni más gestos de enfado durante el resto de la visita. Pasaron un buen rato juntas y, cuando llegó la refunfuñona compañera de habitación, Libby abrazó a su tía, le dio un beso y volvió al coche. Se estaba abrochando el cinturón de seguridad cuando sonó su móvil.

David el oso no perdía el tiempo, pensó. Apenas había dicho «hola» cuando le preguntó:

–¿Tienes algún plan para esta noche? ¿Qué haces a la hora de la cena?

–Humm. Cena –trató de reprimir una sonrisa aunque evidentemente él no pudiera verla–. Estaba pensando en comprar una crujiente ensalada casera con salsa italiana y picatostes de vuelta a casa y después calentarme unos deliciosos macarrones en el microondas. ¿Te apetece?

–Tengo una idea mucho mejor –dijo él.

Sí, su idea era mucho mejor. Pensó Libby cuando cerró el teléfono. Que la llevaran a cenar al maravilloso ático del Marquis ganaba a su ensalada para llevar y los macarrones con queso.

Capítulo Tres

El timbre del ascensor sonó y las puertas se abrieron, y David, que había estado esperando en el vestíbulo de mármol, se dio la vuelta para saludar no a la rubia rojiza que estaba esperando, sino a un voluptuoso helado de melocotón. El corazón le dio un vuelco perceptible en el pecho y su cuerpo entero se tensó al verla. Estaba magnífica. Si ya estaba loco por Libby antes, se consideró completamente entregado desde ese momento.

Ella dio un paso en el vestíbulo con un elegante pie con una sandalia dorada al final de una fina y bien formada pantorrilla. La tela color melocotón se ceñía sobre sus caderas y pechos, sobre todo su cuerpo como una segunda resplandeciente piel. David tragó con dificultad, pero como había sospechado, no le sirvió de mucho.

–Bienvenida al Marquis –dijo dando un paso hacia delante y tomándole la mano del modo en que le hubiera gustado tomar desde el pelo hasta los dorados dedos de los pies.

No pudo evitar pensar que había elegido mal el lado de la cámara en el que ponerse.

–Gracias –dijo ella con una risa infinitamente sexy–. Sé que estoy excesivamente arreglada –dijo–, pero he decidido que, dado que seguramente ésta será mi única vista a este lugar, al menos al ático, debía hacerlo lo mejor posible.

David apretó los dientes. No iba a acercarse a ese tema ni de lejos. Ni mucho menos.

Libby parpadeó y el color de sus suaves mejillas se oscureció ligeramente, pasando de un rosa delicado a un rojo ligero.

–Respecto a la ropa, quiero decir.

«Estúpida», se dijo a sí misma. Incluso sin el vino se las había arreglado para meter la pata inmediatamente después de llegar. Ese hombre, tan guapo con sus pantalones y camisa negros, debía de pensar que era una completa imbécil. Apartó la mirada del rostro de él, recorrió con ella la habitación y después se concentró en la acristalada pared meridional.

–¡Qué vista tan impresionante! –exclamó–. Es increíble.

David la tomó de la mano.

–Ven a verla desde más cerca –dijo llevándola por encima de una alfombra oriental a través de una sala del tamaño de un campo de fútbol en la que había sillones de cuero y mesas de cristal que brillaban a la suave luz. Era como si hubieran aterrizado en medio de una fotografía de una revista de arquitectura.

Por muy exquisita que fuese la decoración, la vista era aún mejor. Al menos eso le pareció a Libby hasta que sus ojos se toparon con el desvencijado Haven View justo al otro lado de la autopista. Nunca lo había visto desde tan alto y no era, tenía que reconocerlo, una visión muy agradable. De hecho era horrible. Peor que horrible. Una pura ruina suburbana.

Las pequeñas cabañas de los huéspedes que estaba tan emocionada con pintar, parecían más bien retretes exteriores desde su privilegiado punto de vista, y los globos de cristal de las farolas del camino de acceso tenían tanto polvo que apenas brillaban. Se dio cuenta de que podía ver hasta los más mínimos daños en los tejados de las habitaciones, algo con lo que no había contado en sus planes de reparación.

Aquello le impactó casi hasta la depresión, cada detalle, cada teja de madera, cada centímetro cuadrado del desaliñado lugar. Una vez más, temió que sus cincuenta mil dólares no fueran bastante para volver a poner el motel a toda velocidad. Ni siquiera a velocidad de tortuga. Debió de suspirar o decir algo entre dientes porque David, que estaba de pie detrás de ella, le apoyó una mano en el hombro con suavidad y le preguntó si algo iba mal.

Todo, pensó ella antes de volver a poner cara de póquer y darse la vuelta.

–Bueno, la buena noticia supongo, es que el pobre Haven View estará oculto por las hojas en ocho o nueve meses. La mala es que está peor de lo que imaginaba –sacudió una mano en el aire con la esperanza de deshacerse de ese inesperado sentimiento de desesperación–. No quiero hablar de ello.

Hubo un ligero destello de algo entre la comprensión y la tristeza en el gesto de él un instante antes de decir:

–Vamos, olvidémonos de la vista sur de momento –volvió a tomarla de la mano–. Déjame mostrarte las increíbles vistas al este y el oeste.

Salieron a una terraza con suelo de pizarra con bonitos muebles de hierro donde Libby pudo imaginarse sin dificultad con una bata de satén color marfil con zapatillas a juego tomando un desayuno a base de cruasanes, mantequilla dulce y café de Jamaica. Casi notó el sabor en la boca.

–En un día claro –dijo él– puedes ver el Arco –señaló con un dedo– justo ahí. Tienes que volver con la cámara.

–Me encantaría –dijo ella–. Podría hacer unas fotos realmente interesantes.

Un minuto después, tras haber pasado de una bonita habitación a otra incluso más hermosa, la prometida vista hacia el oeste apareció en todo su esplendor cuando David pulsó un botón en una consola y unas cortinas se recogieron en silencio. Tras la ventana, en la autopista que estaba más abajo, hacia el este las luces delanteras brillaban como diamantes mientras que hacia el oeste las traseras parecían un río de rubíes, además pudo ver un grupo de estrellas que brillaban en el cielo. Se quedó un momento sin respiración.

¡Cómo deseó haber llevado la cámara y unos cuantos objetivos adecuados para capturar todo aquello! Le hubiera gustado tener un trípode para hacer una fotografía con exposición del tráfico. A pesar de la amable invitación de David de unos minutos antes, dudaba que volviera a subir a ese ático.

–¿El señor Halstrom tiene un lugar como éste en todos sus hoteles? –preguntó.

–Más o menos –respondió de un modo que a ella le pareció bastante brusco–, pero cuando él no está, sus habitaciones están a disposición de los huéspedes por el precio adecuado.

–Ni se te ocurra decirme el precio –dijo Libby–. No podría soportar escucharlo con todo el trabajo que me cuesta alquilar una pobre cabaña por sesenta y cinco dólares al día –tristemente, pensó, que porque a pesar de lo reducido del precio ni siquiera valían eso.

¿Cuánto tiempo pasaría antes de que tuvieran que pagar a la gente por quedarse allí sólo por las apariencias?

–A lo mejor la pintura ayuda –sugirió David sin mucha convicción.

–Sí, a lo mejor –suspiró mientras pensaba que podía haber mejores recipientes de su inesperada fortuna que el Hacen View.

Quizá debería reconsiderar su ridículo proyecto al completo. Como Escarlata O'Hara, decidió que lo pensaría al día siguiente.

Libby se descubrió forzando otra sonrisa mientras se daba la vuelta en dirección a su guapo anfitrión.

–¿No me habías prometido una copa de vino tinto, David?

El vino color granate, francés y seguramente antiguo para sus estándares, era de lejos el mejor que Libby había bebido en su vida. Lo probó con cuidado, temerosa de repetir la actuación de la noche anterior, mientras David le mostraba el resto de las habitaciones de ese increíble lugar. Sólo los cuartos de baño debían ya de valer una fortuna.

La cena llegó, casi como por arte de magia, en dos carritos de los que dos eficientes camareros la pasaron a la mesa del comedor con el mismo silencio que en una película de cine mudo.

Había cuatro entrantes diferentes a elegir además de una crema de salmón, un precioso *file mignon*, cordero en una exótica salsa y un pollo asado con trufas al que Libby no pudo resistirse. Se sintió tentada de pedir una bolsa para llevarse los platos que no habían tocado y que los camareros se llevaron rápida y silenciosamente.

–Oh, qué pena de sobras –dijo con un suspiro cuando vio desaparecer a los camareros.

–No te preocupes –dijo David mientras se preparaba para cortar su *file*–. En cuanto esa comida llegue a la cocina, será devorada en cuestión de segundos. El chef está trabajando con un pequeño equipo antes de abrir para perfeccionar la carta. Le he dicho que mandara varias opciones porque no sabía lo que te gustaría. Siéntete completamente libre para ser crítica. ¿Qué tal está el pollo?

–Para morirse –dijo con el primer bocado–. Y la verdura está comestible, lo que no siempre ocurre de donde vengo –pinchó una diminuta zanahoria, se la llevó a la boca y después puso los ojos en blanco–. ¿Cómo iba a saber que una zanahoria podía estar tan buena? ¿Sabes, David?, tu jefe debe de pesar una tonelada si come así todos los días.

–Bueno, trabaja mucho, me han dicho –dijo antes de beber otro sorbo de vino y otro bocado de *file*–. Me gustaría que me hablaras más de tus fotografías, si no te importa.

No le importaba en absoluto. Seguramente era su tema favorito y era perfectamente capaz de hablar durante horas sobre él, lo que procedió a hacer. Pero cada vez que con amabilidad, y curiosidad, intentaba cambiar de asunto y preguntarle algo sobre él, David con suavidad volvía a llevar la conversación a las cámaras y las lentes.

Después de cenar volvieron al salón con sus gloriosos ventanales por los que Libby intentó evitar mirar para no tener la dolorosa visión del Haven View. Era casi medianoche cuando finalmente dijo:

–Debería volver al motel. La persona que se ha quedado a cargo, mi tío Doug, tiene casi ochenta años y debería irse a descansar.

David alzó una ceja y dijo:

–Y tu asumes, supongo, que tu tío se ha visto sobrepasado por el trabajo y las exigencias de los huéspedes mientras tú estabas aquí...

Libby tenía que reconocer que su comentario irónico tenía sentido. Apreciaba su sentido del humor a pesar de lo doloroso que resultaba el asunto para ella.

–Nunca se sabe –dijo ella encogiéndose de hombros antes de ponerse de pie y tenderle la mano–. Ha sido una cena realmente maravillosa, David. Gracias.

Él dio un paso hacia delante acariciándole ligeramente la mano mientras la rodeaba con el brazo. Se acercó un poco más, la besó en la cabeza, después en la frente, en la nariz.

–He deseado hacer esto toda la noche, Libby –dijo rozando su rostro con el cálido aliento con aromas de buen vino francés.

Libby sintió que debía protestar, pero en ese momento, la boca de David cubrió la suya y hablar se convirtió en algo imposible. Tampoco podía pensar, sólo inhalar su maravilloso aroma y saborear el vino que aún quedaba en sus labios. Un diminuto gemido subió desde su garganta amenazando con informar a David de cuánto deseaba sus caricias.

Él se echó hacia atrás y le inclinó ligeramente la cabeza para poder mirarla a los ojos. Esos adorables ojos que se había tornado de un verde profundo y apasionado.

–Quédate esta noche aquí conmigo. No vuelvas a ese tugurio.

Algo hizo clic en la cabeza de ella. Parpadeó y volvió a ser capaz de enfocar la mirada. Podía sentir cómo su boca se apretaba y sus labios se afinaban. Se puso derecha, dio un paso atrás y salió de su abrazo.

–No quiero ser grosera –dijo–, sobre todo después de esta cena tan divina, también porque me gustas de verdad, David. Me gustas muchísimo. Pero no voy a tirar a la basura el esfuerzo de toda la vida de mi tía sólo por un rato de diversión. No por ti, ni por nadie –hizo una pausa de un segundo sin dejar de mirarlo a los ojos–. Espero que eso quede claro.

–Entendido –asintió y pareció absolutamente sincero si no ligeramente sorprendido por el súbito desafío–. No lo volveré a hacer.

–Bien –Libby sonrió–. Me alegro de que lo entiendas –después alzó la barbilla y se llevó un dedo a los labios–. Ahora, dame otro beso de buenas noches, por favor.

***

Las mujeres raramente se enfrentaban con él, ni profesionalmente ni en la vida privada. Era tan extraño, que no podía recordar la última vez que había sucedido. Demonios, tampoco los hombres se rebelaban abiertamente. La pequeña Libby era una fiera vestida con seda melocotón. Sonrió en medio de la oscuridad al recordar su fuerza, sus ojos brillantes, la espalda derecha y su delicada pero formidable barbilla. Tenía todo el derecho del mundo a ponerlo en su sitio después de haber hablado tan despectivamente de su motel, por destrozado que estuviera.

Se maldijo por haberse dejado engañar por las apariencias de esa maravillosa mujer. ¿Había tenido alguna ver una idea más estúpida, más contraproducente, más suicida? Tenía que arreglarlo todo, pero no tenía ni idea de cómo hacerlo. Lo único que sabía era que no quería perderla. Bueno, demonios, aún no la había tenido, pero Dios sabía cuánto la deseaba.

Se dio la vuelta en la cama, volvió golpear la almohada con el puño y miró el reloj de la mesilla. Eran las dos y cuarto. Seguramente la despertaría si la llamaba en ese momento. Con un poco de suerte, sin embargo, también estaría despierta, al otro lado de la autopista, dando vueltas pensando en él. Sí. Tendría suerte.

Bueno, a lo mejor la había tenido, había contestado a la segunda.

David se saltó los habituales saludos telefónicos y dijo:

–Hagamos algo divertido mañana.

Un suave y sexy murmullo le llegó desde la distancia.

–¿Como qué? –ronroneó.

–No lo sé. Vamos a algún sitio, a cualquiera. Podemos tomarnos de la mano y pasear. Como dos chavales en su primera cita.

Libby se echó a reír y el sonido le pareció delicioso.

–Tienes que saber –dijo ella–, que me torcí el tobillo en mi primera cita.

–No hay problema. Te llevaré –sonrió en la oscuridad imaginándola en sus brazos–. ¿Adónde vamos? –preguntó–. ¿Qué te parece el zoo?

–Ya he estado.

–¿El museo de arte?

–También he estado –dejó escapar un largo suspiro.

–¿Qué tal el Arco?

–Lo mismo.

David, perdido, dijo:

–Bueno, elige un sitio. Cualquiera. Ni siquiera tiene por qué ser en San Luis.

Libby permaneció un momento en silencio y después dijo:

–Ya sé. Vamos a Hannibal.

–¿Hannibal? –David se rascó la cabeza–. ¿Te refieres a Hannibal como Tom Sawyer y Huck Finn?

–Ajá. Eso es exactamente a lo que me refiero. No he estado allí desde que era una niña y sólo está a hora y media de camino. Conduciré yo si quieres.

–Espera. Tengo una idea mejor. ¿Puedes estar lista para salir mañana a las diez?

–Claro. Estoy segura de que puedo haber terminado todo mi trabajo antes de las diez, pero mejor a las diez y media.

–Estupendo. Mandaré a alguien a buscarte. Duerme bien, cariño. Nos vemos a las diez y media.

Cerró el teléfono y como un niño pequeño que se acaba de tomar su leche con galletas, David finalmente cayó en un profundo sueño.

A su lado de la autopista, Libby también se durmió.

Capítulo Cuatro

A la mañana siguiente, temprano, pegó un cartel en la oficina en el que se informaba de que estaba cerrado por reforma. No se engañaba pensando en que media docena de coches aparecieran de pronto en el motel buscando alojamiento, pero el cartel le hacía sentirse mejor por saber que su tía aprobaría que se informase al público. Libby estaba segura de que Doug se lo contaría cuando fuese a verla.

El grupo de pintores con coleta del Marquis había llegado temprano. Dos de las habitaciones estaban ya terminadas y no tenían tan mal aspecto como Libby había pensado llena de prejuicios. Después de admirarlas, llamó a una empresa de reparación de tejados para arreglar una visita de inspección para que revisaran los daños que había visto la noche anterior desde el ático. No tenía sentido redecorarlo todo sólo para verlo echarse a perder por un tejado lleno de goteras.

¿En qué más tenía que pensar, se preguntó, si tenía que administrar sus cincuenta mil dólares? De momento, no quería pensar en todos los problemas estructurales que se le podían haber pasado por alto mientras se concentraba en la decoración y el aspecto exterior del motel. Una horrible visión de madera carcomida y termitas empezó a dar vueltas por su cabeza amenazándola con otra jaqueca, algo que evidentemente no necesitaba esa mañana.

Miró el reloj y se dio cuenta de que tenía algo menos de media hora antes de que la llevasen al Marquis otra vez. Suspiró pensando que sería mejor dedicar su tiempo a trabajar en sus planes de renovación que en Hannibal donde sólo iba a pasárselo bien con un tipo guapo.

Habían pasado algunos años desde que había tenido algún interés en un hombre, y en ese momento, cuando tenía que enfrentarse a una reforma de cincuenta mil dólares, aparecía David, que hacía perder el ritmo a su corazón y le daba la impresión de que el de él también lo perdía un poco. ¿Por qué había sido tan inoportuno?

Se duchó, vistió y estaba lista para marcharse en el momento en que la limusina negra del hotel apareció en el aparcamiento. Jeff, el joven que había conducido la limusina la noche anterior, abrió la puerta trasera para ella. Le dio las gracias y, una vez acomodada en el asiento, le preguntó:

–¿Qué tal es el trabajo en el Marquis?

–Me encanta –dijo girando ligeramente la cabeza en dirección a ella–. Es un gran sitio. Bueno, supongo que eso ya lo sabe.

–Sí –respondió Libby–. Es un edificio precioso. El señor Halstrom ciertamente ha acertado con el arquitecto.

–Seguro. Ese equipo de Japón es lo más.

Libby frunció el ceño. No tenía ni idea de que David fuera miembro de una empresa internacional. Nunca lo había mencionado y ella, sencillamente, había asumido que era un proyecto de una sola persona. Seguramente era una presunción ingenua, todo le mundo parecía operar según parámetros globales.

Y después se preguntó si el lugar de residencia habitual de David estaría en Japón y, si era así, cuándo volvería allí. Pero después decidió que no quería saber la respuesta a esa pregunta en particular, al menos no antes de pasar el día en Hannibal, por no hablar de la noche que seguiría al día.

Se arrellanó en la lujosa tapicería de cuero. No quería pensar en nada que no fuera el día que tenía por delante y la diversión que le podía deparar.

Lo que no había anticipado, sin embargo, y no lo habría hecho en un millón de años, fue que David tuviera un helicóptero esperando en la azotea del Marquis para recorrer el cauce del Mississippi hacia el norte.

–Nunca he montado en helicóptero –dijo ella un poco nerviosa mientras David la animaba a entrar.

Los rotores empezaron a girar y David tuvo que gritar.

–Bueno, yo nunca he estado en Hannibal, Libby, así que supongo que eso nos coloca en igualdad de circunstancias –se sentó al lado de ella y le tomó la mano mientras se levantaban hacia el cielo azul.

En menos de un minuto el gran hotel parecía un punto en la distancia.

El viaje que en coche les hubiera llevado más de hora y media, les llevó menos de media hora por aire. La ciudad de la ribera parecía ajetreada, preparándose aparentemente para el festival del Huckleberry Finn, pero como era un día de diario, los turistas no llenaban los lugares que estaban atestados los fines de semana. Un poco pasada la una, Libby y David habían visitado la casa de la niñez de Mark Twain, visto la cerca blanca de la de Tom Sawyer y hecho un rápido y divertido recorrido por el museo, todo de la mano como una pareja de chavales atontados. Como Tom y Becky, pensó Libby.

Para comer pidieron perritos calientes y patatas fritas a un vendedor callejero y se sentaron en los muelles del río para comérselos viendo pasar el Mississippi medio. Como anteriormente, fue Libby la que llevó el peso de la conversación mientras David escuchaba y esquivaba la mayor parte de las preguntas que ella le hacía.

–¿Dónde has nacido? –preguntó ella.

–En Texas –respondió mientras se limpiaba una pizca de mostaza de la comisura de los labios–. ¿Y tú?

–Aquí –dijo ella–. En Missouri –después dedicó un tiempo a hablar de la muerte de sus padres, de su infancia en Haven View y de su tía Elizabeth y Doug–. ¿Por qué quisiste ser arquitecto?

Su respuesta fue apenas un encogimiento de hombros seguido de un:

–¿Por qué te hiciste fotógrafa?

Por supuesto, al haberle preguntado por su tema favorito, se lanzó a contar la historia completa sobre su primera cámara, su trabajo en el periódico de San Luis y todo lo demás.

Hizo fotos de todo, del muelle, de la orilla del río, pero no fue capaz de fotografiar el rostro de David ni una sola vez. Tenía una habilidad impresionante para darse la vuelta o alzar la mano en el momento exacto en que ella apretaba el disparador. Estaba empezando a creer que tenía algún tipo de fobia a la cámara, y ella deseaba tan desesperadamente hacerle una foto, sobre todo porque podía irse a Japón en cualquier momento y no volverlo a ver.

La sola idea de su marcha casi le hacía marearse. Se excusó para ir a los servicios de la calle principal. Y entonces, puso el teleobjetivo en la cámara mientras caminaba, se dio la vuelta lentamente y consiguió hacer unas fotos increíbles del hombre que había dejado en la orilla.

El precioso día de otoño se volvió frío al final de la tarde y, cuando se bajaron del helicóptero en la azotea del Marquis, Libby estaba tiritando.

–Sé cómo hacer que entres en calor –dijo David marcando un numero de teléfono y diciendo a quien fuera que tuviera listo el *jacuzzi* en su ático para dentro de media hora.

Después la guió hacia un ascensor cuyas puertas se abrieron a un acogedor y oscuro bar en la entreplanta.

–Dos copas de brandy, Tom. De los buenos –dijo alzando dos dedos en dirección al camarero.

–Ahora mismo, señor...

–Gracias –interrumpió David mientras acompañaba a Libby a un sillón en una esquina iluminada por una vela que estaba en el centro de una mesa.

Libby se deslizó por el asiento de cuero, David se sentó a su lado y le pasó el brazo por los hombros.

–Entrarás en calor en un minuto, cariño. Te lo prometo.

Ya se había calentado considerablemente sólo con el calor de su cuerpo al lado de ella. El brandy, en una enorme copa de globo, apenas podía alcanzar el calor de su acompañante. Entonces se advirtió a sí misma que no debía acostumbrarse al ese hombre y su calor dado que probablemente no tardaría en ir a dárselo a otra mujer en las antípodas.

–Me he divertido hoy más que en mucho tiempo –dijo ella alzando su copa–. Por mi amable y galante anfitrión.

El choque del cristal de las copas tuvo un sonido musical.

–Por Tom y Becky y Huck –dijo él–. Y por ti, Libby. No creo haberlo pasado nunca tan bien. Ni siquiera cuando era un crío –dejó la copa en la mesa y después sus cejas se arrugaron mientras dejaba escapar un largo y profundo suspiro.

Era uno de esos momentos en que dentro de su cabeza sonaba un pequeño toque de atención. Los largos suspiros y las cejas arrugadas raramente solían ir seguidos de buenas noticias. Los ceños fruncidos y los largos suspiros normalmente, casi siempre, significaban problemas.

–Libby –dijo él mirándola a los ojos–. Hay algo que yo...

En ese momento el teléfono móvil de David emitió un corto pitido, David juró mientras lo sacaba del bolsillo y lo abrió para decir:

–¿Qué? –después de escuchar un más o menos un minuto, apretó un botón para dejar la llamada en espera–. Tengo que atender esta llamada infernal, Libby. Lo siento, querida.

–Adelante –dio vueltas al brandy que quedaba en su copa. La luz de la vela lo tornaba del color de la miel–. Tómate tu tiempo, David. De verdad que no me importa.

La besó en la frente antes de salir del cubículo y después se alejó, bastante airado, había que reconocer, hasta el extremo de la barra para seguir con la conversación. Desde el lugar que ocupaba ella y a juzgar por su lenguaje corporal, parecía como si estuviera dando muy malas noticias a la persona al otro lado de la línea.

Libby se sintió agradecida de no ser ella.

David sintió que su humor se ensombrecía. Maldición. Había pasado uno de los mejores días de su vida, pero los negocios lo habían interrumpido en forma de demanda judicial por parte de un airado cliente en su hotel de Londres, y el ansioso Nellie de una firma de abogados de Londres se había sentido en la obligación de avisarlo, personalmente, sin demora. David le dijo al histérico abogado que si le volvía a llamar de nuevo, lo haría encadenar en la Torre de Londres, después demacrado lo descuartizaría frente al palacio de Buckingham y daría la exclusiva en directo a la CNN.

Y en ese momento, para empeorar las cosas, era imposible encontrar algo para que Libby se pusiera en el *jacuzzi.* Las pequeñas prendas deberían haberse guardado en un cajón del spa del ático, pero parecía como si alguien, alguien que pronto sería ex empleado, hubiera decidido esconder los folletos del hotel, las postales y meterlas allí.

–No importa, David –dijo Libby apoyada en el borde del *jacuzzi*–. Puedo usar las bragas y el sujetador. No hay problema. Ya lo he hecho antes.

La visión de ella vestida sólo con la escasa ropa interior, seguro que transparente, al lado de un gran gorila en un *jacuzzi* no contribuyó mucho a mejorar su humor. Habría llamado a su asistente, Jeff, en ese momento, pero sin duda estaría en otra de sus cenas. Mientras tanto él seguía buscando como un loco, maldiciendo, abriendo y cerrando cajones y armarios y todo ese tiempo recriminándose haber perdido la oportunidad de confesar a Libby quién era en realidad. Eso, lo sabía perfectamente, era lo que realmente había llenado su corazón de furia.

Un poco antes, abajo, en la penumbra del bar, las palabras habían acudido fácilmente a sus labios y se había sentido preparado incluso para ponerse de rodillas si tenía que llegar a eso para que ella lo perdonara. La deseaba tanto. Se lo iba a decir ya, antes de que se metieran en el *jacuzzi*. ¿Qué sentido tenía prolongar aquello? Demonios. No era igual que confesarle que era el asesino del hacha.

Lo perdonaría, ¿no? Tenía que hacerlo, de otro modo...

Justo detrás de él, Libby carraspeó y dijo en un susurro: «Tachán».

Se dio la vuelta para gozar de una deliciosa visión: Libby sólo con unas bragas y una sujetador de encaje blanco como la nieve. Considerando lo impresionante que estaba vestida totalmente, David ni siquiera encontraba palabras para describirla en ese momento. Ella sonrió y después, señalando a la burbujeante bañera mientras hacía una ligera inclinación, dijo:

–¿Permiso para subir abordo, señor?

David suspiró interiormente. Cualquier intento de confesarle algo acababa de desaparecer de su mente. Y tenía que admitirlo, incluso aunque se acordara, ése no era el momento de arriesgarse a una confrontación. Podía ser considerado un mentiroso, pero no era un estúpido.

–Permiso concedido –dijo él quitándose a toda prisa la camisa y los vaqueros para meterse con ella en el agua caliente.

Metida hasta la barbilla en el agua maravillosamente caliente, sintiendo el cuerpo de David al lado. Libby cerró los ojos y casi se quedó dormida. Qué extraño, pensó, sentirse tan completamente cómoda con un hombre que conocía desde hacía apenas dos días. No era frecuente en ella sentirse relajada con nadie, incluso después de conocerlo durante meses.

–Podría quedarme aquí una semana –dijo Libby dejando escapar un suspiro de deseo–. Puede que incluso un mes.

–No sé si me gustaría verte convertida en una ciruela pasa, cariño. Tengo que admitir que me gustas como estás ahora.

Se giró hacia él para mirar su rostro donde había reaparecido la atractiva línea de su sonrisa.

–¿Sí?

Su voz era apenas más que un susurro, pero aun así pudo notar el anhelo en su entonación. No podía evitarlo. Adoraba a ese hombre, y lo deseaba con cada fibra de su cuerpo. Si su encuentro estaba destinado a ser una breve aventura antes de que él volviera a Japón, bueno, entonces así sería, *sayonara* a sus sueños de futuro. Libby decidió vivir el presente. Que el futuro se ocupara de sí mismo.

Quizá fue el empuje del agua, pero David consiguió abrazarla con tan poco esfuerzo que Libby se sintió más ligera que una pluma. Sus labios resultaban cálidos al unirse a los de ella, tiernos y maravillosamente lentos y sensuales. El tacto de su lengua era suave y exquisito. Parecía como si tuvieran todo el tiempo del mundo para explorar y descubrir y hacerse el amor.

–Eres perfecta –susurró–, pero ya lo sabía desde el primer momento en que te vi.

Las manos de David alcanzaron sus pechos, los envolvieron de un modo perfecto, a una distancia perfecta para que sus pulgares acariciaran los pezones. Libby se estremeció y se apoyó en el borde de la bañera mientras él le cubría el cuello de lánguidos besos.

–Deseaba tanto esto –murmuró él con los labios apoyados en su piel–. Te he deseado desde el momento en que te vi colgando de esa farola como un ángel caído.

–Pones especial énfasis en lo de caído –dijo con un suspiro antes de soplar para apartarse del rostro un rizo mojado.

–No –dijo mientras una mano abandonaba el pecho y seguía por el costado hasta alcanzar la cadera y después la parte interior del muslo–. Enfatizo el deseo. Te deseo, Libby. Toda. Ya.

Hubo una gran sacudida en el agua y de pronto estaba entre sus brazos, colgada de su cuello mientras la llevaba por un pasillo en penumbra hasta el dormitorio desde el que la noche anterior habían estado viendo el tráfico como un río de piedras preciosas. La dejó suavemente en la cama y se alejó un momento para abrir un cajón, rasgar un pequeño paquete cuadrado y después volvió a rodearla con sus brazos.

–Dime cómo te gusta –dijo mientras las yemas de sus dedos recorrían su brazo haciendo que olas de deseo la atravesaran entera. Después la mano pasó a la pierna y las olas se incrementaron–. Lo que quieras. Todo.

Hicieron el amor despacio, sensualmente mientras los diamantes y rubíes corrían mucho más abajo. Según la experiencia de Libby, que tenía que admitir no era muy grande ni muy reciente, los hombres tendían al entusiasmo y volvían a buscar el placer de la dama después de haber cruzado solos la línea de meta. David, sin embargo, no tenía prisa en absoluto. Cada una de sus caricias era lánguida y absolutamente divina. Parecía obtener un placer infinito de darle a ella placer.

Luego fue Libby, cuando David finalmente entró en ella, quien aceleró el ritmo considerablemente, alzando las caderas para recibir cada embestida, deseando casi desesperadamente capturarlo entero dentro de ella para mantenerlo allí para siempre. Los suaves murmullos de ambos de sólo unos instantes antes se convirtieron en rugidos de placer.

Todo dentro del cuerpo de Libby se tensaba y crecía mientras se dirigía al clímax y entonces...

Y entonces llegó como si cada célula de su cuerpo se dejara llevar por una ola tras otra de placer tan intenso que no sabía si reír o llorar o ambas cosas a la vez. Al cabo de unos segundos, David la siguió con una poderosa embestida final mientras su cuerpo entero se estremecía por la liberación.

Después ambos se dejaron caer, tumbados el uno en brazos del otro, esperando en silencio que sus alientos recuperaran la normalidad, si alguna vez lo conseguían.

Eran cerca de las nueve y media antes de que se levantaran de la gran cama en el ala oeste del ático. Cuando David oyó un inconfundible sonido proveniente del estómago de Libby, sacó el teléfono y llamó abajo. El chef, por supuesto, hacía tiempo que se había marchado de la cocina, pero el cocinero suplente estaba más que encantado de prepararles de cenar una tortilla especial y un combinado de verduras fritas.

Cuando se dio la vuelta para consultar a Libby sobre la cena, sus ojos brillaban como los de un lobo contemplando un cordero.

–Mándelos lo más rápido que pueda –dijo David al cocinero.

Cenaron en la cama. Libby llevaba un albornoz del Marquis y con el pelo suelto y los labios hinchados por los besos, le hizo pensar que Venus se había mudado al Medio Oeste.

–Seguramente debería volver al Haven View –dijo ella después de terminarse un *amaretto* y unas galletas de chocolate.

–Creía que habías puesto un cartel en la puerta de *Cerrado por reformas.*

–Sí, pero...

–¿Bueno?

Libby pareció ser consciente de que no tenía ninguna obligación, al menos no en el motel. La idea aparentemente le sorprendió porque parpadeó y, por una vez, la primera desde que se conocían, pareció quedarse sin palabras.

Pero David no.

–Quédate conmigo, Libby –quitó de la cama la bandeja, los platos vacíos y las copas y volvió a abrazarla–. Quédate.

Y así hizo ella.

Capítulo Cinco

Cuando Libby volvió al Haven View un poco después de las nueve de la mañana del día siguiente, los besos de David seguían en sus labios, en su garganta, en... Bueno, por todas partes. Sentía un brillo interior tan cálido y tangible. Era como un fuego que quemaba y acariciaba al mismo tiempo.

A las diez, sin embargo, el fuego se había convertido en un chisporroteo, sobre todo a causa de sus lágrimas. Había llegado el revisor del tejado, mirado los tejados de las cabañas y después le había dado un presupuesto de cuarenta mil dólares más impuestos.

–Tenga claro –le había dicho mientras le estrechaba la mano– que eso es sólo por reparar los tejados, señorita Jost. No incluye los canalones nuevos y las bajantes que necesita tanto este viejo lugar. De otro modo, va a ver usted más daños en el futuro. Puede contar con ello.

Cuando se marchó, Libby se metió en el apartamento que había al lado de la oficina y se hizo un ovillo en el suelo de la ducha dejando que el agua caliente que caía de arriba se mezclara con sus lágrimas. Había pasado mucho tiempo desde la última vez que se había entregado a la autocompasión. La última, y seguramente la única otra vez que se había dado permiso para hundirse, había sido cuando tenía diez años y su gato, Joey, se había perdido. Esa mañana se sentía del mismo modo que se había sentido cuando tenía diez años, como si algo que ocupaba un lugar en su corazón se lo hubiera llevado el viento o hecho añicos.

Lloró durante mucho tiempo, hasta que no le quedaron más lágrimas, entonces se secó, se vistió y fue a la sala principal de la oficina donde se encontró con Doug con su viejo suéter de los Cardinals de San Luis revisando una pila de cartas. Gracioso, pensó. Si sus recuerdos eran correctos, llevaba una camiseta de los Cardinals el día que la había consolado por la pérdida de Joey.

–Buenos días, corazón –dijo Doug alegre–. ¿Lo pasaste bien en Hannibal?

–Muy bien –rodeó el mostrador, abrazó al anciano y le dio un beso en la cabeza sin pelo–. Te quiero tanto, Doug.

–Bueno, yo también te quiero, corazón –soltó una risita–, pero ¿qué he hecho para merecer un saludo tan entusiasta?

Libby se dejo caer en el sofá estampado de flores que había enfrente del mostrador.

–Fuiste tan dulce cuando mi pequeño Joey se escapó.

Doug se rascó la cabeza con el abrecartas.

–Joey. Un minuto, déjame pensar. ¿Joey era el gerbo o el gato?

Oh, sí. Se había olvidado por completo del George, el gerbo que había corrido debajo de su cama un día y nunca lo había vuelto a ver. Bueno, ya sí que estaba deprimida.

–Joey era el gato –dijo ella–. Era negro con las patas blancas.

–Sí –el rostro de Doug se entristeció–. Me da mucha pena, Lib, aún me acuerdo. Lo pasaste tan mal, cariño. Me alegro de que consiguiera animarte un poco.

Libby dejó escapar un largo suspiro pensando en que necesitaría un poco de ese ánimo en ese instante. Cuando era una niña, siempre iba en busca del consuelo de Doug, lo mismo que de sus consejos. Era una persona paciente e increíblemente inteligente. ¿Por qué no seguir sus consejos en ese momento?, se preguntó. Realmente no estaba haciendo un trabajo estelar ella sola. Seguramente debería haberle consultado desde el principio de la debacle de los cincuenta mil dólares.

–Doug... –dijo, luego dudó. No, quizá no era una buena idea.

Le contaría a su tía hasta el último detalle y entonces sería el infierno. Libby se mordió el labio inferior, aún sensible por los besos de la noche anterior.

–¿Qué, cariño? ¿Qué te preocupa? –preguntó Doug–. Sé que hay algo.

–¿Soy tan transparente? –preguntó ella.

–Para mí sí, corazón. Siempre lo has sido. ¿Quieres contarme lo que pasa?

Libby se cruzó de brazos con la sensación de volver a tener diez años y ser completamente vulnerable.

–Que qué pasa... ja –forzó una risa vergonzosa–. Bueno, veamos. Es tal lío que no sé por dónde empezar.

Pero empezó, desde el principio, desde la llegada del misterioso cheque con esa enorme suma.

Doug la interrumpió justo ahí.

–Espera. Para un momento, Libby. ¿Me estás diciendo que alguien, alguien completamente desconocido te dio cincuenta mil dólares porque le gustó tu libro sobre los moribundos moteles del Medio Oeste? Era un libro maravilloso, pero es mucho dinero sólo para dar las gracias por una buena lectura.

–Eso es lo que pensé yo. Al principio pensé que era una broma, pero el dinero es auténtico. El banco no tuvo ningún problema en hacerlo efectivo. Tengo cincuenta mil dólares en una cuenta esperando a ser gastados.

Tras esa serie de sorprendentes noticias, siguió hablando a Doug de sus esperanzas y sueños de usar el dinero para revitalizar el Haven View. Le explicó sus planes de reformas para el interior y el exterior tratando de ser fiel a las ideas originales de la tía Elizabeth tanto en el color como en los diseños.

Cuando llegó a la parte de los pintores tuvo que dar algunos rodeos porque aún no estaba preparada para desvelar nada sobre David o sus sentimientos hacia él. No tenía sentido complicar aquello mencionando al amante que podía haber desaparecido en un par de semanas.

Finalmente, Libby terminó su historia con el desorbitado precio de la reparación de los tejados y entonces alzó las manos impotente y dijo:

–No quiero abandonar este sueño, Doug, pero no sé cómo hacer para que cincuenta mil dólares den para todo esto. Ni siquiera sé si es posible. Cualquier sugerencia es bienvenida, si la tienes. Pero, por favor, no me digas que estoy loca por querer hacerlo.

Tras el mostrador, Doug cerró los ojos azul claro un momento y apretó los labios como si no supiera qué decir o no quisiera responder, lo que Libby podía entender fácilmente. Era su dinero, después de todo, y sus problemas. Y había llevado todo aquello demasiado lejos.

Después Doug maldijo entre dientes, algo que raramente hacía, antes de cerrar el puño y golpear el mostrador.

–Maldita sea, Libby. Deberías haber hablado conmigo, con nosotros dos desde el primer instante. Sé que tenías buena intención al querer darnos una sorpresa, pero tu tía y yo ya estamos muy mayores para sorpresas, cariño. Nos gusta saber qué es cada cosa. Necesitamos saberlo. Es muy importante a nuestra edad –murmuró–. Necesitamos realmente estar dentro y no fuera en la oscuridad.

Libby suspiró. Doug tenía razón. Debería haberles informado.

–Bueno, ya lo sabes. Ahora sabes que tengo cincuenta mil dólares que me queman el bolsillo. Y ahora que lo sabes, puedes ayudarme a hacerlo bien, Doug, si eso es posible –entornó los ojos–. ¿Es posible? O es sólo un sueño estúpido e inalcanzable. Dime la verdad.

El anciano se recostó en el respaldo de la silla y se pasó la mano por la barbilla antes de hablar.

–Lo que quieres hacer por ella es algo realmente generoso, Libby. Creo que tu tía Elizabeth se emocionará cuando vea esta vieja ruina con el mismo aspecto que en los viejos tiempos. Ha sido muy duro para ella ver cómo el sitio se iba deshaciendo con el paso de los años.

–Oh, lo sé –dijo Libby–. Y deseo desesperadamente cambiar todo esto... Quiero hacer a mi tía realmente feliz.

–Sé que eso es lo que quieres, corazón –suspiró–, pero cincuenta mil dólares, por suma importante que sea, no es suficiente para lograrlo. Con los precios de hoy en día y con todas las reparaciones que hay que hacer, tus cincuenta mil, cariño, son sólo una gota en el cubo –sacudió la cabeza con tristeza–. Me temo que es imposible, Libby. A menos que seas maga o que tu secreto admirador añada un par de millones a su regalo original.

Libby se mordió el labio inferior tratando de no dar rienda suelta a otro ataque de llanto. ¿Qué iban a hacer?

–A menos... –Doug se echó hacia delante en la silla.

–¿Qué? ¿A menos qué?

–¿Has oído alguna vez, Libby, el viejo refrán de que hay muchas formas de pelar a un gato?

Ella asintió preguntándose qué estaría pensando y por qué sonreía en un momento en que todo parecía tan horrible. Parecía un maldito gato de Cheshire y deseó pelarlo en ese instante.

–¿Qué? –presionó–. ¿En qué estás pensando?

–¿Recuerdas el trabajo que hice hace ya tiempo para el padre James O'Fallon cuando estaba poniendo en marcha su casa de acogida y el hogar para sintechos?

De nuevo, Libby asintió. Lo recordaba muy bien. Doug había trabajado como contable voluntario para ayudar al animoso joven sacerdote a adquirir unas instalaciones en las que levantar su organización benéfica. Había sido hacía años, pero el sitio, Heaven's Gate. Seguía haciendo un trabajo maravilloso dando cobijo y comida a quienes carecían de ellos.

–¿En qué estás pensando, Doug?

–Voy a la ciudad a visitar ese lugar con bastante frecuencia, ya lo sabes. La mayor parte de las veces a charlar con el padre James. Es más forofo de los Cardinals que yo y eso es decir mucho.

–¿Qué tiene eso que ver con Haven View? –preguntó ella sin tener ni idea de adónde quería llegar.

–Hay un nuevo programa en Heaven's Gate –dijo él–. Ha empezado hace sólo un par de meses... Están formando a alguna de su gente para trabajar. Pintura, carpintería, fontanería, cosas así.

En ese momento una burbujita empezó a hincharse en la cabeza de Libby.

–Todo lo que necesitamos que se haga aquí –dijo ella.

–Exacto –dijo con un asentimiento–. Necesitamos que alguien nos haga el trabajo y puedo prometerte que el padre James necesita cincuenta mil dólares. ¿Qué te parece?

Libby se puso de pie tan rápido que casi se cayó.

–¡Dios mío! Creo que eres un genio, Doug. Eso es inspiración. ¿Podemos ir ahora a la ciudad a hablar con él?

El anciano se echó a reír.

–Creo que con ese cartel de *Cerrado* en la puerta podemos ir cuando queramos, Libby. Déjame que lo llame primero.

Al otro lado de la autopista, en el ático, David estaba saliendo de la cama a las once y cuarto. Se había levantado unas horas antes para comprobar que Libby se marchaba con Jeff, su chófer de confianza y asistente y después Jeff había vuelto de inmediato para ver qué más necesitaba el jefe.

–Aún no he tenido tiempo para mirar la documentación del Haven View –había dicho David mientras trataba de reprimir un bostezo–. ¿Hay algo que debería saber ahora mismo? ¿Algo que no pueda esperar un par de horas?

Jeff había negado con la cabeza.

–Creo que puede esperar. Seguramente no debería decir esto, señor Halstrom, pero parece que necesita dormir unas horas más.

Normalmente solía mantener un trato serio con sus empleados, pero David no había podido evitar echarse a reír por la observación.

–Me estoy haciendo demasiado viejo para esto –había dicho.

–Bueno, quizá ha llegado el momento de sentar la cabeza, jefe. O al menos de pensar en ello.

El muchacho raramente, si alguna vez ocurría, hacía observaciones personales. Unos días antes semejante comentario habría sido despachado con una mirada oscura y una reprimenda verbal. Ese día, sin embargo, David se sentía demasiado blando y feliz como para decir otra cosa que:

–Quizá tengas razón, chaval. Quizá tengas razón.

En ese momento, después de unas horas más de sueño, se sentía repuesto, pero esa mezcla de mareo y alegría seguía dentro de él. En lugar de guerrero, como se solía sentir, se notaba más como un niño la mañana de Navidad. Y eso era una especie de primera vez, decidió, porque incluso cuando era un crío no había ni mucho mareo ni mucha alegría en su interior. Nada, si se atenía a la verdad.

–Libby, Libby –murmuró al espejo mientras se afeitaba–. ¿Qué demonios me has hecho?

Una vez duchado y vestido, marcó su teléfono en el móvil. Se lo había dejado anotado antes de marcharse, pero no recordaba si era su móvil o el número de recepción del cochambroso motel. Fuera lo que fuera, no hubo respuesta, lo que le hizo entristecerse un poco y sentirse perdido por un momento, hasta que esa sensación de tristeza y perdida le hizo sacudirse bruscamente.

Así que llamó a la oficina central de Halstrom en Corpus Cristi. Seguramente habría alguien a quien poder gritar para sacudirse esa ñoñería.

Una vez que Libby y Doug llegaron al centro, ella le preguntó si le importaba que parasen un momento en la oficina del periódico para dejar unas películas para revelar. La mayor parte de los periódicos trabajaban ya sólo en digital, pero el de San Luis, bien por nostalgia o por pura pereza, aún mantenía un pequeño y desvencijado cuarto oscuro.

Dentro del edificio no quería perder mucho tiempo, así que trató de evitar encontrarse con la gente que conocía, y había mucha, y llegar a la esquina noroccidental de la tercera planta donde su buena amiga, Hannah Corson, trabajaba tan corriendo y ocupada como siempre. Libby sacó unos cuantos rollos de película de su bolso.

–¿Puedes revelarme esto, Hannah? Sin prisa, pero me gustaría tener las copias en dos o tres días.

–Claro. No hay problema –metió los rollos en

una lata con una etiqueta que ponía *pendiente*–. Me alegro de verte, Libby. ¿Qué tal va todo en Viajeros Agotados?

Libby no pudo evitar echarse a reír. Sus compañeros de trabajo se habían referido al Haven View con más de cien nombres distintos en los últimos diez años, la mayor parte de ellos bastante atrevidos si no abiertamente pornográficos. Incluso algunas almas intrépidas habían ido a pasar una noche a una de las cabañas y, aunque decían haber disfrutado la experiencia, se había dado cuenta de que ninguno había repetido.

–Todo va muy bien –dijo sorprendida de que fuera verdad.

–¿Qué te parece si comemos juntas?

–Gracias, Hannah, pero Doug me espera abajo.

–Muy bien. Te llamaré cuando estén las fotos. Seguramente pasado mañana. Tengo que estar aquí para la edición del domingo. Ya sabes cómo es eso. Echo de menos tus bonitas instantáneas en blanco y negro.

Ya desde la puerta, Libby le lanzó un beso.

–Gracias, Hannah. Te lo debo. Otra vez.

–Sí, sí, todo el mundo me debe algo –se quejó–. Creo que debería cambiarme el nombre y llamarme Hannah Kodak.

Cuando volvió a la calle, Doug se había cambiado al asiento del conductor de su vieja minifurgoneta.

–Sube, Libby –dijo arrancando el motor–. Vamos, menéate. Ya vamos diez minutos tarde.

Se subió y, en cuanto se sentó, se puso el cinturón de seguridad. Doug había sido siempre un conductor muy creativo y con setenta y muchos parecía pensar que las normas de circulación a él no le afectaban. Contuvo la respiración mientras recorrían a toda velocidad tres manzanas hacia el norte y después dos hacia el oeste hasta llegar a las instalaciones de Heaven's Gate.

Durante el tiempo que había pasado Libby en las oficinas del periódico esos últimos años, raramente había ido hacia la zona norte. No sorprendía, porque había poco más que naves medio en ruinas y grandes locales vacíos o llenos de toda clase de basura. Desde que había terminado el libro sobre los moteles, había tenido la esperanza de encontrarse con alguna idea para otro libro.

Se le ocurrió precisamente en ese instante que había una cierta belleza en esa terrible decadencia urbana. Había una iglesia quemada en una esquina que parecía estar rogando que le hicieran una serie de fotografías. Libby archivó la idea en la cabeza con la esperanza de, una vez resuelto el asunto de las reformas, tener tiempo para llevarlo a cabo.

Doug aparcó el vehículo en un diminuto aparcamiento de gravilla, tiró del freno de mano y apagó el motor.

–Ya hemos llegado, Libby, mi niña. Vamos. No queremos hacer esperar al padre James, es un tipo muy ocupado.

Mientras salía del coche se acordó de mirar los mensajes en el teléfono móvil. ¡Madre mía! Había media docena de llamadas, todas de David. No sabía si sentirse halagada o alarmada. Bueno, emergencia o no, tendría que esperar hasta que hablara con el padre James. El destino del Haven View parecía depender de cómo se desarrollara esa reunión. No podía permitir que nada la distrajera.

Ni siquiera David.

Capítulo Seis

Después de su reunión y un breve recorrido por las instalaciones de Heaven's Gate, el padre James acompañó a Libby y Doug hasta el coche. El sacerdote había escuchado atentamente su propuesta y parecía estar fascinado incluso antes de haberse puesto a ajustar los detalles. Para ser sinceros, había que reconocer que el plan apenas había pasado la fase de proyecto, pero Libby y Doug habían sido entusiastas en su presentación, aunque no hubiesen entrado a fondo con los detalles. Evidentemente los cincuenta mil dólares suponían algo más que un pequeño incentivo para que el padre James tomara la idea en consideración.

–Presentaré la idea al grupo de directivos la semana que viene en nuestra próxima reunión –les dijo–. Y espero que ellos se sientan igual de intrigados y entusiasmados.

Libby trató por todos los medios de disimular su decepción por el retraso.

–Supongo que no podemos saber nada antes.

El sacerdote le dedicó una sonrisa paciente, casi angelical, que debía de utilizar cientos de veces al día en esas instalaciones, y después negó con la cabeza.

–Me temo que no.

–Es bastante pronto –dijo Doug–. Y os recuerdo a los dos que aún tenemos que presentarle el plan a Elizabeth, y sólo Dios sabe, perdón, padre, cómo se lo tomará. Algunas veces puede ser la persona más maniática y cabezota del mundo.

Libby puso los ojos en blanco.

El padre James alzó la vista al cielo y después dijo:

–Bueno, yo también puedo ser maniático y cabezota. Si esta vez hace falta, amigos míos, lo seré. Quizá sólo debamos dejar que las cosas sigan su curso.

Más fácil de decir que de hacer, pensó Libby de vuelta a casa. No le iba a resultar sencillo echar el freno a sus grandes planes, ni siquiera una sola semana. Quién de ellos haría una presentación llena de sentimientos a la tía Elizabeth, se preguntó.

El tráfico en la zona oeste por la tarde era bastante fluido, así que con la mano derecha abrió su móvil, en el que ya había dos llamadas más, ambas de David. Libby no pudo evitar sonreír. Un tipo persistente, su guapo arquitecto, ¿no? Y tenía que reconocer que le encantaba.

Doug señaló al teléfono.

–Ése no será tu nuevo pretendiente, ¿verdad, Libby?

Ella asintió.

–Voy a tener que hablar con él.

Libby se echó a reír.

–Bueno, como diría el padre James: todo a su tiempo, mi querido Doug, todo a su tiempo.

Resultó que Libby no tuvo que devolver las llamadas a David. La estaba esperando en el Haven

View con los brazos cruzados y apoyado en su Jaguar cuando llegaron Doug y ella.

El latido del corazón de Libby se aceleró de inmediato. ¿Cómo era posible, se preguntó, que ese hombre pareciera más guapo y deseable cada vez que lo veía? A ese ritmo, no podría mirarlo sin sufrir un infarto en menos de una semana. Tuvo la esperanza de que ella provocara en su pecho algo parecido.

Cuando aparcaron la furgoneta, él ya estaba de pie al lado de la puerta del asiento del conductor y la abrió.

–Hola –dijo ella saliendo de detrás del volante a prácticamente sus brazos–. Iba a llamarte ahora mismo.

–Así que has recibido mis llamadas.

–Sí –rió–, todas. Casi has derretido mi móvil.

–Te echaba de menos.

Bueno, en ese momento, además de su móvil, estaba derritiendo su corazón.

–Me alegro –dijo ella con suavidad–. También te he echado de menos. Quiero presentarte a alguien muy especial para mí.

Doug ya había salido de la furgoneta y caminaba hacia ellos con el aspecto, una vez más, de un gato de Cheshire.

–Doug, me gustaría que conocieras a David –dijo ella–. David, éste es Doug, el mejor padre del mundo.

Se estrecharon las manos y Doug dijo de inmediato:

–He oído hablar mucho de usted, joven. Libby me ha contado que ha diseñado ese hermoso edificio del otro lado de la calle.

David bajó la cabeza y consultó a los guijarros que había bajo sus pies antes de decir:

–Sí, señor.

–Bueno, le felicito –Doug inclinó la cabeza hacia el norte–. Es realmente bonito.

–Gracias, señor.

–Os dejo solos. Aún no he terminado con el correo de hoy, así que supongo que será mejor que me vaya –dio un beso en la frente a Libby y se alejó.

–Un tipo agradable –dijo David en voz baja.

–Sí –asintió–. Lo es.

–De verdad te he echado de menos hoy –le pasó las yemas de los dedos por una mejilla.

Había algo en su voz que Libby no había oído antes y, a juzgar por la expresión de su rostro, realmente la había echado de menos.

–Bueno –dijo ella–. Me alegro de que haya sido así.

–Vuelve conmigo al hotel –dijo abrazándola y enterrando el rostro en su cuello–. Podemos volver a jugar en el *jacuzzi* y después ver con qué más nos pueden sorprender en la cocina para cenar.

Libby hizo un sonido como de ronroneo.

–Eso suena divino, pero...

–¿Pero qué? –alzó la cabeza.

–No quiero volver a dejar solo a Doug esta noche.

–¿Está enfermo?

–No, nada de eso. Tiene una salud de hierro. Lo que pasa es que estamos trabajando en una idea maravillosa y quedan muchas cosas por discutir.

–¿Qué clase de idea?

–Bueno...

Justo en ese momento Doug dobló la esquina de la oficina haciendo sonar las llaves de un coche en la mano.

–Me marcho a ver a Elizabeth, Libby. Seguramente me quedaré allí y cene con ella para contarle lo de hoy. Si no te hago falta aquí, después me iré a casa, cariño.

–Salúdala de mi parte –dijo Libby–. Y hazme saber lo que dice, Doug, ¿vale? En cuanto puedas.

–Lo haré –se metió en un viejo Pontiac–. Me alegro de conocerlo, David –dijo mientras ponía en marcha el motor.

–Espero volver a verlo, señor –respondió David antes de sonreír a Libby–. Me parece que alguien está libre esta noche.

La mujer libre se echó a reír, el sonido más sugerente que David había escuchado jamás, y él la tomó de la mano y la llevó hasta el centro del acceso de gravilla. El sitio estaba desierto. Como debía estar, pensó David.

Libby abrió los brazos como abarcando todo el motel.

–Elige una cabaña, querido. Cualquiera –dijo–. O elige un número del uno al seis.

–¿Qué?

–Elige una cabaña, David. Tenemos todo el sitio para nosotros –sonrió–. Mi elección personal sería la tres, ya que es mi número de la suerte, sin mencionar que la ducha aún funciona bien.

David decidió que su cabeza debía de estar funcionando de un modo inadecuado porque su sangre se estaba acumulando por debajo de la cintura en ese momento. ¿Ella quería hacer el amor allí, en medio de tanta sordidez, mejor que entre las sábanas de seda del Marquis al otro lado de la calle? ¿Hacer el amor allí? ¿Estaba loca?

Quizá la pregunta adecuada desde el punto de vista de David sería si sería capaz de actuar allí bajo esas circunstancias, sabiendo que estaba concentrando sus esfuerzos en adquirir el Haven View para derribarlo.

Esa mañana, después de ocuparse de todo el papeleo, había mandado a Jeff, haciéndose pasar por inversor inmobiliario, a hacer una visita a la tía Elizabeth para que le ofreciera lo que quisiera por la propiedad.

–Ponga usted el precio –le había dicho Jeff unos segundos antes de que la anciana llamara a enfermería para que acompañaran a esa comadreja a la salida.

Tras chocar con la tía Elizabeth, David había optado por el plan B, y esa dirección llevaba al ayuntamiento para que incoara un expediente de ruina sobre el motel y procediera a su expropiación y posterior demolición.

La propuesta al ayuntamiento también incluía la promesa por parte de Halstrom de desarrollar el solar expropiado para algún uso que se decidiría en fecha posterior. Jeff seguramente estaría trabajando en el documento en ese instante.

David dejó escapar un largo suspiro. No era que antes no supiera que estaba trabajando en algo que chocaría con los propósitos de Libby, pero de pronto su propia decepción lo golpeó incluso físicamente. Podía sentir su erección marchitarse ante la sola idea de cuál sería la reacción de ella ante sus noticias. Lo odiaría. Y lo triste era que tendría todo el derecho del mundo a odiarlo.

–Tengo que hacer una llamada rápida –dijo sacando el móvil del bolsillo y marcando el número de Jeff–. Sólo será un minuto.

Ella seguía sonriendo cuando dijo:

–Bueno, mejor que se dé prisa, señor, o puede que otra persona reserve la habitación.

Trató de devolver la sonrisa, pero su rostro estaba casi petrificado. Cuando Jeff atendió la llamada, David dijo sencillamente:

–Deja el proyecto que tenemos en marcha. Estaré contigo más tarde, ¿entendido?

Jeff pronunció un sorprendido y estrangulado «sí», después David cerró el teléfono y volvió a meterlo en el bolsillo.

–¿Proyecto? –Libby lo miró con los ojos chispeantes de curiosidad–. ¿Estás trabajando en otro hotel, David?

–Algo así –dijo consiguiendo sonreír por fin–, pero en este momento, mi amor, estoy trabajando en algo mucho más importante.

–¿En qué? –preguntó ella.

–En esto –la abrazó con fuerza, y dijo–: Muéstrame el camino al número tres.

Libby se demoró en la ducha demasiado avergonzada para salir del baño y enfrentarse a David. ¿Había tenido una idea peor en toda su vida? ¿Por qué pediría alguien al hombre responsable de la gloriosa arquitectura que había al otro lado de la autopista, el hombre que la había agasajado en un maravilloso ático, siquiera poner los pies en esa cámara de los horrores? ¿En qué había estado pensando?

La puerta se había abierto con un largo quejido perfecto para una película de Boris Karloff, después, mientras entraban, el potente olor a pino y desinfectante los había golpeado en el rostro. David había tratado de no toser, pero era imposible. Ella había sufrido un ataque de estornudos antes de salir corriendo al baño y cerrar la puerta.

En ese momento, el tubo fluorescente de encima del lavabo hacía un extraño zumbido y el inodoro, justo a la derecha de la bañera, rugía a cada paso aunque nadie lo usase. La cortina de plástico de la ducha, con su estampado de arena y algas, colgaba de un modo tan penoso que había tenido que mantener los ojos cerrados la mayor parte del tiempo que había estado en la ducha.

Durante un doloroso momento, decidió que derribar todo aquello era la única solución posible. Seguramente podría lograr convencer a su tía Elizabeth.

Pero después supo que era imposible. Su tía, como siempre, se opondría y sería tan irracional como cuando decía que su marido volvería pronto a casa. No podía hacerla cambiar. Ni siquiera Doug había podido en todos esos años que habían estado juntos.

Con todo dicho y hecho Libby podía hacer poco más que dejarse llevar por la corriente. Y la corriente, en ese momento, proveniente de la ducha, parecía estarse estancando en la bañera porque el sumidero no funcionaba muy bien. Maldijo entre dientes, cerró el grifo con fuerza sin importarle si se rompía o no.

Agarró una toalla, gastada por años de uso y lavados, e hizo todo lo posible para secarse. Después de colocarse el pelo con los dedos, se envolvió en la toalla y abrió la puerta.

David estaba sentado en el borde de una de las camas inclinado hacia delante para cambiar los canales de una diminuta televisión, algo que seguramente no había hecho nadie en años.

–Bienvenido a 1970 –dijo Libby sólo a medias en broma–. ¿No notas como si el tiempo se deformara? ¿Como si hubieras sido transportado a hace décadas?

–No –respondió mientras apagaba la televisión y la rodeaba con sus brazos–. Me siento como el príncipe azul que espera a su Cenicienta.

–David –dijo Libby suavemente sujetándose la toalla–. Siento de verdad haber insistido en esto. No tengo ni idea por qué me parecía tan importante, pero estoy dispuesta a marcharme en este instante si tú lo prefieres.

David se quedó de pie y después dio unas zancadas por encima de la alfombra llena de polvo reduciendo la distancia entre los dos.

–En realidad, lo que preferiría es hacer el amor contigo, Libby querida. Aquí y ahora.

Ella inclinó ligeramente la cabeza, se pasó la punta de la lengua por los labios invitándolo al beso, deseándolo.

–Sí –dijo ella–. Aquí y ahora.

Qué importaba dónde estaba, pensó, cuando los besos de él le hacían olvidar quién era. Soltó la toalla mojada y la dejó caer al suelo.

David dio un paso atrás. Sin siquiera tocarla, la poseyó sólo con la mirada que se habían oscurecido hasta el verde oscuro del bosque. Y sólo su mirada hizo que el vientre de Libby se encogiera con un hambre irresistible, como si no hubiera comido en meses. Nunca había deseado a un hombre como deseaba a ése. Ni siquiera sabía, a sus treinta años, que semejante deseo fuera posible.

Como había hecho antes, David la amó despacio, explorando cada parte de su cuerpo como si fuera la primera mujer con que se hubiera encontrado, así la llevaba a descubrir sensaciones que ella nunca había experimentado antes.

Y como antes, fue Libby quien, cuando llegó al límite bajo el efecto de sus lentas manos, su cálida lengua, la sensación de él tan duro y profundo dentro de ella, se llevó a David con ella en medio de fuegos artificiales y estrellas brillantes.

Libby se dejó caer en el sueño pensando que no quería que ese hombre se marchara nunca. Si lo hacía, tendría que seguirlo hasta el fin del mundo.

Capítulo Siete

Cuando Libby se ofreció a prepararle la cena, lo que consistía en meter dos paquetes de macarrones con queso en el microondas y ver si con lo que había en la nevera podía preparar una ensalada, David declinó amablemente la invitación y ofreció una solución mucho mejor al problema de la cena.

–Crucemos la calle.

–Pensaba que nunca lo ibas a proponer –dijo Libby entre risas.

No la llevó al ático esa vez, sino directamente a la cocina del Marquis donde el segundo chef, que tan bien les había dado de cenar la noche anterior, estaba en plena faena.

El joven se puso en pie de un salto en el momento que entraron en la cocina.

–¿Cómo están? –dijo con un marcado acento sureño y una amplia sonrisa.

–Bien –respondió David–. Y muertos de hambre, te importa que echemos un vistazo.

–Es su cocina. Sea lo que sea lo que encuentre, estaré encantado de preparárselo, señor. Las cocinas son mejores para cocinar que para estar sentado.

David tomó a Libby de la mano y se adentraron en las instalaciones. Nunca antes había estado en la cocina de un restaurante y era todo un mundo para ella.

–No soy muy buena cocinera –reconoció mientras miraban dentro de una enorme cámara frigorífica de acero inoxidable llena de cosas que ni siquiera era capaz de identificar.

David, al lado de ella, dejó escapar una risita.

–Lo imaginaba.

–Mi tía Elizabeth tampoco –suspiró.

–Quizá sea genético –dijo David con una sonrisa–. ¿Qué te apetece? ¿Alguna cosa despierta tu apetito?

En realidad nada le parecía bien porque no estaba cocinado y no había fotos para ver el producto final.

–Elige tú, David –dijo–. Como chica de hamburguesa y queso, estoy más que deseosa de disfrutar de tu experiencia.

David llamó al cocinero, dijo una lista de ingredientes y especias y salsas que, para Libby, podían haber sido de Marte. Después le dijo:

–Estaremos en el bar. Lo podéis servir allí.

Mientras salían de la cocina, Libby vio a David sacar un billete del bolsillo, doblarlo discretamente y después dejarlo en la mesa de la cocina delante del joven cocinero.

–Eso no es necesario, señor...

–Acéptalo, por favor –le interrumpió David.

–Gracias, señor.

Libby miró por el rabillo del ojo el billete, uno de cien dólares, después trató de recordar la mayor propina que había dado en su vida. El año anterior, pensó, dos días antes de Navidad había pedido una pizza y el repartidor casi se había desmayado cuando le había dado veinte de más. Se preguntó si se habría muerto si le hubiera dado cien.

La mano de David resultaba cálida en su espalda mientras se dirigían al bar a media luz. Alzó la mano en dirección al camarero y dijo:

–Dos Merlots, del 2004.

–Sí, señor.

Libby se deslizó en el mismo sillón de suave cuero donde se había sentado la tarde anterior. Estaba empezando a sentirse cómoda. Probablemente demasiado cómoda, pensó. Con cualquier otro hombre habría estado contenta de disfrutar el aquí y ahora, no pensaría en el mañana o en la semana siguiente. Y desde luego no se preocuparía por el año que viene. Sus intensos sentimientos por David, sin embargo, le hacían pensar en le futuro y eso le hacía sentirse terriblemente vulnerable.

Se sentó al lado de ella, le pasó el brazo por los hombros y la rozó con el muslo.

–No habrá esta tranquilidad aquí dentro de quince días. De hecho, será difícil simplemente conseguir un sitio.

–Bueno, eso está bien, ¿no?

–Bueno para el hotel –dijo–, pero seguro que a nosotros nos fastidia. Me encanta tener todo el sitio a nuestra disposición. ¿Qué te parece a ti?

–Igual –dijo ella–. Aunque, por supuesto, siempre tenemos la cabaña tres.

–No si puedo evitarlo –dijo David alzando una ceja mientras el camarero se acercaba con una botella de vino y dos copas.

Exhibió la botella de vino de modo que David pudo ver la etiqueta y hacer un asentimiento de aprobación antes de que la abriera y sirviera una pizca en una de las copas. David lo probó y volvió a asentir, después de lo cual el camarero llenó las dos copas.

Apenas habían dado un sorbo del delicioso vino tinto y el chef dejó en la mesa una ensalada preciosa, con uvas moradas y rodajas de naranja, dos servilletas de lino y una cesta de pan antes de desaparecer dentro de la cocina.

Libby bebió otro sorbo de vino, después dejó la copa en la mesa y dijo:

–¿Sabes lo que más me impresiona del hotel?

–No, dímelo.

–Que todo el mundo que trabaja aquí, al menos todos los que yo he visto, parece ser ridículamente feliz. Eso no es normal, David. Mi experiencia es que la mayor parte de la gente que trabaja en hoteles son rezongones si no directamente taciturnos.

–Bueno, sospecho que es porque aún no se ha abierto y el ritmo de trabajo es relativamente bajo, pero los hoteles Halstrom no suelen tener quejas sobre su personal. Están mejor pagados que la mayoría de los trabajadores del sector.

–Me gustaría poder decir lo mismo del Haven View, donde todo el mundo trabaja gratis.

Libby tomó el tenedor para probar la ensalada cuando aparecieron dos mujeres en la entrada del bar. Las dos eran impresionantes, como si acabaran de salir de la página de una revista de moda. La rubia escultural llevaba unos brazaletes dorados hasta los codos y unos vaqueros pitillo con botas de cuero hasta las rodillas. La morena llevaba una larga falda de ante, una chaqueta para morirse y unas zapatillas con las punteras abiertas con unos tacones de quince centímetros.

Libby no podía quitarles los ojos de encima, pero consiguió ver por el rabillo del ojo al barman haciendo gestos en dirección a ellas como para decirles que tenían que irse. Casi en el mismo momento David empezó a marcar números en su móvil mientras juraba entre dientes.

–Que se vayan de aquí. Del bar. Ya –dijo antes de cerrar el móvil y volver a maldecir.

–¿Qué pasa? –preguntó ella.

David miró al latón y vidrio de la puerta del bar como si tratara de derretirlos.

–Busconas –dijo.

–Ah.

Miró a las dos increíbles mujeres en la puerta del bar y después a David.

–¿Cómo lo sabes? –preguntó en apenas un susurro como si las dos pudieran oírlo.

Antes de que él pudiera responder apareció el cocinero llevando una bandeja por encima del hombro. Al ver a las dos bellezas en la puerta hizo todo lo que pudo para mantener la bandeja en equilibrio mientras conservaba precariamente el suyo. La porcelana y los cubiertos tintinearon mientras bajaba la bandeja a la mesa auxiliar justo a tiempo.

–Parece que el Marquis ya está oficialmente en los mapas, señor –murmuró mientras colocaba los platos frente a los dos–. ¿Qué se le va a hacer? Era sólo cuestión de tiempo.

David respondió sólo con una maldición gutural.

–Disfruten de la comida –dijo el cocinero echando una última mirada a las visitantes antes de desaparecer de nuevo en la cocina.

Mirando su cena, Libby pensó que no tenía ni idea de lo que era, sólo que parecía una obra de arte. Iba a preguntarle a David lo que era cuando sonó la campanilla del ascensor y apareció Jeff, el conductor de la limusina, que se dirigió hacia las dos mujeres.

Lo que hizo, en realidad, fue sonreír mientras les pasaba los brazos por los hombros y las sacaba del bar en dirección a la puerta principal del hotel. En cuestión de segundos los tres desaparecieron de la vista.

–Ése era mi chófer –dijo Libby sorprendida–. Era Jeff.

–Está pluriempleado como gorila, y uno de los buenos –respondió David mucho más frío que unos momentos antes–. Prueba la lubina, está deliciosa.

Así que era eso lo que había en el plato, pensó Libby. Probó un poco sólo para descubrir que estaba deliciosa. Aun así, no pudo con las coles de Bruselas, por muy buen aspecto que tuvieran.

Fue tomando un brandy después de la cena cuando Libby le habló de sus increíbles planes para el motel. David la escuchó con la esperanza de que su rostro no traicionara sus sentimientos que, en ese momento, se movían entre el pánico y el posible asesinato.

Quería poner a trabajar a un autobús de criminales convictos frente al Marquis todos los días. Podía haber dicho que había conseguido que le llevaran una cadena de condenados vestidos con traje a rayas para recoger basura frente a su hotel. Si no la hubiera conocido, habría pensado que estaba intentando sacar del negocio a Halstrom Corporation, al menos en San Luis.

–Es una idea increíble, ¿verdad? –su rostro brillaba y sólo en parte era por el brandy–. El motel se reformará por completo y la gente del padre James conseguirá la experiencia que necesita. Todo el mundo gana.

«Excepto yo», pensó David. Podía perder un millón detrás de otro, sin contar los efectos negativos sobre la imagen de su compañía.

–¿Has comentado esto con alguien más? –le preguntó–. ¿Un abogado? ¿Alguien del ayuntamiento?

Ella negó con la cabeza.

–Es un poco pronto. La junta directiva del padre James no se reúne hasta la semana que viene.

–Según mi experiencia –dijo–, las juntas suelen discutir las decisiones más sencillas y aplazar para otras reuniones hasta las más insignificantes.

Libby bebió otro sorbo de su brandy y suspiró.

–Y luego, además, está la tía Elizabeth que puede acabar con todo con un simple «no». Se supone que Doug iba a hablar con ella esta tarde, pero dado que no sé nada de él, sospecho que se ha acobardado.

–Un tipo listo –dijo David–. Tendrás que incrementar tu cobertura del seguro al máximo considerando a quien vas a meter en la propiedad. Necesitarás varios millones de responsabilidad.

–Ni siquiera había pensado en ello.

Y con eso era con lo que contaba David. Cuanto antes pudiera echar a perder su último plan, más feliz iba a ser.

–Bueno –dijo él–. No tiene sentido ponerse a pensar en los detalles hasta que esté todo organizado.

Algo que esperaba que no llegase a ocurrir nunca.

En el vestíbulo, fuera del bar, David la rodeó con sus brazos, apoyó el rostro en su cuello y susurró:

–¿En tu casa o en la mía?

Libby suspiró. Había sido un día muy largo, y por mucho que tuviera a David en su corazón, también era una distracción increíble de todo lo que tenía que hacer con el Haven View. Echó la cabeza hacia atrás y le dolió ver que la sonrisa de él desaparecía anticipando su respuesta.

–Ven a mi casa –dijo ella con suavidad–. No te garantizo sexo salvaje, pero te prepararé una taza de chocolate y te prometo que no roncaré.

–Un trato –dijo él–. A cambio del chocolate te daré el mejor masaje de espalda de tu vida.

–Mmm –gimió suavemente–. Creo que podría enamorarme de ti sólo por eso.

–Estupendo.

Capítulo Ocho

Cuando Libby se despertó a la mañana siguiente, se puso una bata, la buena, no la que estaba raída, y se dirigió a la oficina para descubrir que David estaba ya vestido y hablando por teléfono.

–Estoy encargando el desayuno en el Marquis –dijo interrumpiendo su conversación–. Tengo la cocina al teléfono, ¿quieres algo especial?

Acostumbrada a decidir entre la harina de avena y los copos de cereal todas las mañanas, Libby pensó que había muerto y había ido al paraíso.

–¿Cualquier cosa? –preguntó sólo para asegurarse de que no era una alucinación o que seguía dormida.

David sonrió.

–Bueno, cualquier cosa del tipo revuelto de huevos de avestruz o carne fresca de tiburón. Sólo tienes que decir lo que deseas, cariño.

–Además de a ti...

–Yo estoy disponible.

–Bueno –sonrió–, no es por decepcionarte, pero realmente me muero de hambre. Podría ser... Veamos. ¿Qué tal una tortilla con patatas fritas y tostadas de pan de centeno? No, espera. Tostadas de pan integral con mermelada de fresa.

Repitió lo que ella quería al teléfono y después le preguntó:

–¿Beicon o salchichas?

–Beicon –se le hacía la boca agua.

–¿Zumo de naranja o de piña?

–Piña –dijo ella preguntándose de pronto cuánto tiempo le llevaría, cuando David se marchara, recuperarse de haber sido tan malcriada. Seguramente no lo conseguiría nunca, decidió.

Dio la vuelta para entrar tras el mostrador, donde estaba sentado él, y lo besó en la cabeza. Él cerró el teléfono, le rodeó la cintura con un brazo y la acercó más a él, enterrando el rostro entre los pliegues de la bata.

–Tengo que hacer algunas llamadas más, Libby –dijo apoyado en su cadera–, pero después soy todo tuyo. Podemos hacer lo que quieras.

–Eso suena bien. Creo que voy a darme una ducha rápida antes de que nos traigan el desayuno.

Una vez en la ducha, se preguntó si sólo había pasado un día desde el momento en que había llorado buscando algo sólido a lo que agarrarse mientras el mundo, con el Haven View en su centro, parecía desmoronarse. Y después, en cuestión de horas, todo había girado ciento ochenta grados y su desesperación se había tornado alegría y esperanza en el futuro. Era como vivir en una montaña rusa.

No podía confiarse, se dijo. ¿Quién sabía lo que podía pasar a continuación?

Lo que pasó fue que David tenía que irse a Nueva York a una reunión. Había seguido hablando por teléfono mientras desayunaban, a cada momento le dedicaba una mirada de frustración o murmuraba un «lo siento» cuando no estaba maldiciendo por lo que le decían del otro lado.

Sinceramente tenía que reconocer que no le importaba. Era maravilloso poder concentrarse por completo en la mejor tortilla que se había comido en su vida. Se estaba terminando el beicon cuando David volvió a maldecir y se puso de pie haciendo caer la vieja silla del motel.

–Tengo que salir para Nueva York en... –consultó su reloj– cuarenta y cinco minutos.

–Oh, David –Libby sintió que se le caían las comisuras de los labios, lo mismo que a él–. ¿Con tan poco tiempo?

–No puedo evitarlo. Lo siento, cariño. Volveré esta noche o mañana temprano.

Estaba ya de camino a la puerta, cuando Libby dio un salto y lo besó para despedirse.

–Volveré –dijo él.

–Estaré aquí.

Después, el sonido de la gravilla bajo las ruedas, el rugido del Jaguar y desapareció.

Bueno, se suponía que un arquitecto no podía hacer bien su trabajo por teléfono y era bueno que fuera tan necesario para lo que le hubieran convocado. Pensó Libby que quizá podría ir a la biblioteca y sacar algunos libros sobre arquitectura. No haría daño poder hablar sobre algo así con David.

Llamó a Doug para ver qué había pasado la tarde anterior con Elizabeth.

–No pude hacerlo –dijo afligido–. Estábamos cenando tan bien que no quise estropearlo.

–Me lo había imaginado –respondió Libby.

–¿Para qué tanta prisa, corazón? La junta del padre James no es hasta la semana que viene y dudo que lo decidan en una sola reunión. Querrán pensarlo. Incluso querrán ir a ver el sitio.

No pudo evitar echarse a reír.

–Se te ocurren excusas realmente buenas, Doug.

–Lo admito.

–Bueno, tienes razón, supongo. Creo que no hay tanta prisa y no tiene sentido molestar a la tía antes de saber nada.

–¡Bravo por mi chica! Voy a volver a cenar con ella hoy, le daré un enorme abrazo de tu parte.

Después de colgar, miró por la ventana y vio que habían llegado los pintores. Estuvo tentada de decirles que se tomaran el día libre porque seguramente habría pintores nuevos en una semana que repintarían las cabañas por dentro y por fuera para aprender su oficio. Después pensó que eso podría minar la autoridad de David, y eso era lo ultimo que quería.

Con nada que hacer de inmediato, recogió los platos del desayuno, los apiló y metió en una caja para devolvérselos al hotel. ¿Quién sabía? A lo mejor el chef estaba preparando algún delicioso experimento y llegaba justo a tiempo de probarlo.

Seguramente no era una buena idea, decidió. ¿Cómo podía mantener esa forma David comiendo de ese modo? Sólo Dios sabría lo que pesaría D. E. Halstrom tras tantos años de deliciosas comidas en tantos hoteles. Seguramente parecería un dirigible.

***

Dejó la caja de platos en la recepción del hotel cuando no miraba nadie para no tener que explicar por qué los tenía en su poder.

Después de escabullirse, fue a la biblioteca pública a buscar entre los estantes de libros y revistas. Hacía mucho que no iba, seguramente desde sus últimos años de instituto. Había olvidado lo mucho que le gustaba ese lugar con su maravillosa luz, el sutil aroma a madera en la sala de lectura y el suave sonido de las páginas al pasar.

Después de varias horas sabía más de arquitectura de lo que había aprendido en treinta años, desde las pirámides de Egipto hasta Louis Sullivan, Frank Lloyd Wright, I. M. Pei, etc.

Cada detalle de ese trabajo la fascinó, por no mencionar la cantidad de ideas maravillosas que se le ocurrieron para libros de fotografías. Además aprendió a apreciar aún más la fachada de cristal del Marquis. No podría esperar para comentar todo aquello hasta que David volviera de Nueva York.

Le sorprendió que pareciera tan reticente a hablar de su trabajo. No se podía decir lo mismo de ella, pensó. Una sencilla pregunta sobre una cámara o una fotografía provocaba en ella una respuesta extensa y detallada si no aburrida.

No era así con David. Si lo pensaba, hablaba muy poco de sí mismo y de su profesión. Sólo le había dicho que era de Texas, lo que ya delataba su acento. Libby apenas sabía nada de él o de su familia o de cualquier otro asunto.

Bueno, pensó, cerrando las tapas de un pesado libro sobre arquitectura del siglo XX en el Medio Oeste, tendrían una interesante conversación cuando volviera. Y esperaba que fuese pronto porque ya lo echaba mucho de menos.

Se llevó prestado un libro de una serie de misterio que sabía que a su tía le gustaría y volvió al coche. Por mucho que odiara admitirlo, era un precioso día de otoño. Con la puerta abierta y notando en las piernas el último sol de la tarde, Libby llamó al periódico.

–¿Está Hannah por ahí? –preguntó al hombre que respondió. No reconoció su voz.

–No, lo siento. Hoy ha salido –dijo el hombre–. ¿Puedo ayudarte en algo?

–No lo sé. Quizá puedas. Hannah iba a revelarme algunas fotos. Me preguntaba si ya estarían.

–Déjame echar un vistazo en su escondite secreto –dijo en tono de conspiración–. Bueno, hay dos rollos de Fuji 400, ¿son tuyos?

–Sí, son míos –dijo con un suspiro–. Gracias por la ayuda. Llamaré a Hannah mañana.

Tenía la esperanza de que las fotografías estuvieran y así haber podido pasar unas horas contemplando las tomas furtivas de David en Hannibal.

No había habido suerte.

Así que volvió a Haven View donde se puso su bata raída y las zapatillas y metió unos macarrones con queso en el microondas. Sabían tan mal como había imaginado. Y la ensalada que había conseguido hacer tampoco estaba mucho mejor.

¿Cómo se podía haber vuelto tan sibarita en tan pocos días? Eso no era bueno para su futuro, daba lo mismo que estuviera sola o con pareja.

Quizá cuando volviera a la biblioteca podría aprovechar para sacar algunos libros de cocina.

***

El teléfono negro de la recepción la despertó a las once de la noche. Libby salió tambaleándose de la habitación para responder a la llamada, de inmediato pensó que algo iba mal con la tía Elizabeth. Cuando oyó la voz de David no sabía si sentirse totalmente feliz o completamente aliviada. Ambas cosas, decidió.

–Te echo de menos –dijo él–. Esperaba poder volver esta noche, pero ha sido imposible.

–Yo también te echo de menos –dijo Libby–. ¿Qué tal la Gran Manzana?

–Sola sin ti. Me gustaría que estuvieras aquí.

No pudo evitar sonreír.

–Oh, David, a mí también me gustaría. Tienes suerte de no estar aquí. Finalmente me he comido los macarrones congelados y ha sido horrible.

–Sólo tienes que llamar al otro lado de la calle, corazón. Llamaré al Marquis en cuanto cuelgue y diré a la cocina que espere tu llamada. Pide lo que quieras y cuando quieras. Si tienes algún problema, sólo tienes que llamarme.

El primer instinto de Libby fue decirle que no porque no quería acostumbrarse a semejante lujo para que desapareciera cuando él desapareciese, pero su respuesta se basó más en la idea de qué clase de idiota rechazaría semejante oferta.

–Gracias, David –dijo finalmente–. Aunque, para ser sincera, te preferiría a ti en este instante más que a cualquier comida de cinco estrellas.

–Vuelvo mañana –dijo él–. Al final de la tarde, lo

más seguro. Cenaremos y después pienso hacerte el amor como si el mundo se fuese a acabar en veinticuatro horas.

Un estremecimiento recorrió la espalda de Libby.

–¿Eso es una amenaza o una promesa? –preguntó ella.

–Las dos cosas. Te llamaré mañana en cuanto regrese.

Capítulo Nueve

Libby se quedó durmiendo a la mañana siguiente, algo que raramente solía hacer. Como era sábado, no había pintores que la despertaran con su ruido y el ruido habitual de la autopista a la hora punta era un simple murmullo.

Pensó en llamar al Marquis para pedir un desayuno o quizá un almuerzo. Otra tortilla le sonaba tan bien... Se preguntó si tendrían beicon canadiense. Oh, y melón. Estaba prácticamente babeando cuando decidió que no lo haría. De algún modo, le parecía aprovecharse de la generosidad de David, sobre todo si no estaba para compartir las cosas con ella. Sabía, porque él se lo había dicho, que era una tontería, pero era como se sentía. Si hubiera estado con él habría pedido el doble de todo.

Así que en lugar de llamar al Marquis, se vistió y se fue a su pastelería favorita donde se compró una caja pequeña de delicias variadas para compartir con su tía. Le resultó casi imposible no comerse una de camino a la clínica.

Se alegró al comprobar que no estaba la gruñona compañera de habitación, pero tampoco estaba su tía. Incapaz de resistirse más, se sentó en el borde de la cama de Elizabeth y sacó dos dulces de la caja. Estaba contemplando con sensación de culpabilidad un tercero cuando entró la compañera, golpeando con la silla de ruedas las dos hojas de la puerta batiente, un armario y la mesilla de noche.

–¿Necesita ayuda? –preguntó Libby mientras la señora apoyaba las manos en los reposabrazos para salir de la silla.

–No, gracias, es lo mismo –pasó de la silla a la cama sin aparente esfuerzo–. Tu tía se está arreglando el pelo en una peluquería que hay abajo. No esperes que vuelva en una hora o incluso más. Esos dulces tienen buena pinta.

Libby le tendió la caja y dijo:

–Tome uno, están deliciosos.

–Gracias, espero que no te importe.

La mujer agarró tres con un rápido movimiento de la mano, lo que dejó uno solitario para su tía. Libby lo escondió en el cajón de la mesilla, dejó una nota a su tía diciéndole que volvería al día siguiente con más dulces.

Volvió al Haven View sin prisa y entró en la oficina justo cuando sonaba el teléfono. Se lanzó sobre el mostrador para atender la llamada con la esperanza de que fuese David. Después, cuando oyó la voz de Doug, trató con todas sus fuerzas de no parecer decepcionada.

–Hola, cariño –dijo él–. ¿Cómo está mi chica?

–Bien –dijo ella.

–Te he conseguido un reportaje fotográfico, Libby, si te interesa.

Como siempre, ésa era la forma de Doug de ayudarle a tener unos ingresos extras. Si sabía de alguien que diera una fiesta u otra clase de celebración, los convencía de que lo inmortalizaran en forma de fotografías. Libby solía aceptar, más para hacer feliz a Doug que por los habituales pocos dólares que le daban en mano cuando fotografiaba cualquier evento.

–Te encantará –dijo él–. Mañana hay una gran celebración en la clínica de Elizabeth y el personal dice que le gustaría tener algunas buenas fotos.

–Bueno, pensaba ir de todos modos, así que llevaré la cámara –dijo ella–. ¿A qué hora?

–Empieza a mediodía, pero no espero que el evento esté en marcha antes de las doce y media o así.

–De acuerdo. Nos vemos allí, ¿o prefieres pasar a recogerme?

–No, voy a ir antes para ayudar con la decoración. Y, cariño, ¿por qué no te traes a ese arquitecto tan agradable contigo? Cuantos más, mejor.

–Está en Nueva York, Doug, pero si ha vuelto mañana, se lo preguntaré. Nos vemos.

Libby colgó el teléfono y se preguntó si tendría el valor de presentar a David al resto de su salvaje y chiflado mundo geriátrico. Al mismo tiempo, se preguntó por la familia de él. ¿Seguirían vivos sus padres? ¿Tendría hermanos, hermanas, sobrinos y sobrinas? ¿Habría tenido un perro maravilloso cuando era pequeño? ¿Tendría alguna ex mujer en algún sitio? ¿Hijos? Y si era así... ¿cómo era que nunca hablaba de ninguno de ellos?

Podía ser que aún no se sintiera lo bastante cómodo con ella, aunque no entendía por qué, considerando la intimidad que habían compartido.

La idea de saber algo más de su vida personal se convirtió en algo urgente a la luz del hecho de que probablemente se marcharía de San Luis en poco tiempo. Después, como ya había hecho antes, Libby se sacó esa idea de la cabeza. Al menos en la medida que pudo.

Estaba echando un vistazo al correo cuando oyó que un coche se detenía delante del motel. No era el elegante sonido del coche de David, pero podía ser que hubiera venido en taxi desde el aeropuerto, pensó mientras se dirigía a la puerta de la oficina. No hubo esa suerte. No era David, y no reconoció al hombre que se bajaba del sedán blanco.

–¿Puedo ayudarle en algo? –gritó ella–. Está cerrado –señaló el cartel.

–Lo siento. No quería molestar –buscó en el bolsillo de su chaqueta y sacó una tarjeta. Se la tendió mientras caminaba hacia la puerta–. Soy John Tazwell. Hago trabajos ocasionales de inspección para el ayuntamiento.

–¿Viene a inspeccionar el motel?

–Sólo a echar un vistazo –dijo él–. Parece que ha habido algunas quejas sobre este sitio.

–¿Quién se ha quejado? –preguntó ella cortante.

El hombre se encogió de hombros.

–Eso no me lo han dicho, sólo que viniera a echar un vistazo. Así que aquí estoy.

Ya estaba mirando mientras hablaba y, a juzgar por su expresión, no estaba muy emocionado con lo que veía. Libby aún estaba ofendida porque alguien se hubiese quejado a las autoridades en lugar de a ella o a su tía o Doug. Le pareció extremadamente grosero y turbio.

–El sitio parece bastante antiguo –dijo el inspector.

Libby no pudo evitar echarse a reír.

–Eso es una bonita manera de decir que está destrozado, supongo, pero estamos trabajando en ello. No pasará mucho tiempo antes de que todo parezca nuevo.

–¿Tejados nuevos?

–Sí.

–¿Van a arreglar eso? –señaló la farola rota.

–Por supuesto. Está en la lista.

–Necesita un permiso para la obra de los tejados –señaló a los seis–. Los concejales lo votaron hace un par de meses y la mayoría de la gente aún no lo sabe.

Libby se contó entre las que no tenían ni idea.

–¿Un permiso?

–No es complicado, pero hay que obtenerlo antes de empezar los trabajos, de otro modo, se le sancionará. Ya sé que usted no quiere que eso ocurra. ¿Habrá reparaciones de fontanería? ¿Duchas, bañeras, lavabos?

La acribilló a preguntas a las que ella se limitó a responder «sí» o «no».

Finalmente cerró con un:

–Veo que se van a hacer cargo. ¿Sabe?, siempre me ha gustado este sitio. Mis abuelos vivieron aquí una vez en los sesenta. Recuerdo haber venido a visitarlos y haber montado en esos columpios –entornó los ojos cuando miró el destrozado parque infantil–. En alguno de ellos, supongo. Van a arreglarlos también, ¿verdad? Me refiero a que no querrán que ningún niño se haga daño...

Para entonces Libby sólo podía asentir. La gente parecía inventar problemas y restricciones sólo para atormentarla.

–Gracias por su tiempo, señora. Vendré en dos o tres semanas a echar un vistazo.

Oh, qué alegría, pensó Libby.

Una hora después estaba de camino al centro para recoger las fotografías que Hannah le había dicho que ya estaban por medio de un mensaje que le había dejado mientras era interrogada por el inspector. ¿Cómo iba a hacer para decirle a su tía que el Haven View no cumplía la normativa de mil formas diferentes?

Al pasar junto a un centro comercial al lado de la autopista, se le ocurrió que debería comprarse algo de ropa nueva. Nuevo hombre... ropa nueva. ¿Habría alguna norma no escrita al respecto? Si no, debería haberla.

Después de unos pocos días y noches, David conocía todo su armario. Como no había salido mucho en los últimos años, el vestido color melocotón y varias combinaciones de vaqueros y camisetas y suéteres eran el total de su ropa. A lo mejor podía comprarse alguna ropa interior provocativa. Encaje negro. No. ¡Encaje rojo! ¿Le gustaría a él? Seguramente, decidió, así que pensó que pararía de vuelta a casa.

En el centro aparcó en la calle, echó unas monedas al parquímetro y prácticamente voló hasta el despacho de Hannah.

–Tienes suerte de no haber llegado dentro de cinco minutos –dijo Hannah–, estaba a punto de cerrar e irme a casa.

–Lo siento –dijo Libby deseando haber usado el

ascensor en lugar de las escaleras. Sí, tenía que volver a ponerse en forma.

Hannah hizo un gesto para quitarle importancia.

–No te preocupes. No es que esta noche tenga una cita maravillosa o algo así. La verdad es que estaba pensando en hacer unas palomitas en el microondas y ver *Lo que el viento se llevó* por quingentésima vez. Vente conmigo, Libby, si quieres.

Lo habría hecho encantada si no hubiera pensado que David volvería en pocas horas.

–Otro día, Hannah. Sólo he visto *Lo que el viento se llevó* trescientas veces, evidentemente tengo que ponerme a tu altura.

–Tus fotos están ahí, Libby. No es que haya estado husmeando, pero no está bien que no me hayas dicho que estuviste en Hannibal. No he ido desde que estaba en el instituto. ¿Lo pasaste bien?

–Una pasada –dijo mientras iba al estante que Hannah había señalado–. Lo pasamos muy bien.

–¿Quién fue contigo? ¿Alguien que conozco?

–Oh, un amigo. Nadie relacionado con el periódico. Seguro que no lo conoces.

Libby miró algunas fotos. La casa de Tom Sawyer, la cerca blanca de Tom Sawyer, Tom por aquí, Huckleberry Finn por allá. Lo que quería era ver a David.

Cuando iba a empezar con el segundo carrete, Hannah dijo:

–Es difícil imaginarse que se va a encontrar una con ese Halstrom en un sitio como Hannibal, ¿verdad?

La mano de Libby se detuvo en el aire.

–¿Perdón? –estaba segura de que no podía haber oído bien–. ¿Qué has dicho?

–Halstrom. Ya sabes. Su nuevo hotel está justo en frente de tu casa. El grandioso Marquis. El monstruo de espejos –Hannah tenía los brazos cruzados y su expresión parecía indicar que Libby era sorda o ciega, si no las dos cosas a la vez.

–Sé lo que es, Hannah. Lo que no sé es de qué estás hablando. ¿Qué tiene eso que ver con Hannibal?

Libby, por supuesto, sabía lo que tenía que ver con Hannibal. Tenía que ver con David, pero su amiga no podía saber eso. ¿Estaba allí? Trató desesperadamente de recordar si Hannah había expresado alguna vez interés por la arquitectura, pero por lo que recordaba, su únicos intereses eran la fotografía y el cine.

Hannah sacó una foto de entre las demás.

–Éste –dijo.

Libby se acercó a mirar. Oh, estaba tan bien. Había conseguido captar ese aura suya de «yo me hago cargo» que siempre lo rodeaba; además había un atisbo de esa adorable sonrisa suya. Por un momento casi olvidó que Hannah estaba a su lado mirando la misma foto.

–Ése –dijo de nuevo señalando con el índice la imagen.

–Ya lo veo –respondió Libby irritada–. Por Dios, yo hice la foto.

–Bueno, ¿qué hacía ése en Hannibal?

Libby puso los ojos en blanco. Vaya pregunta más estúpida.

–Estaría haciendo turismo, por supuesto. ¿Qué otra cosa hacen los visitantes allí?

–¿D. E. Halstrom de turismo en Hannibal, Missouri? Es un sitio agradable, pero no creo que esté en el primer lugar de la lista de los grandes viajeros.

¿Cuántas veces habrá estado en la Torre Eiffel, el Taj Mahal o las pirámides?

–Creo que te confundes –dijo Libby.

–Bueno, alguien lo hace –señaló con el dedo otra vez–. Éste es el tipo de los hoteles Halstrom, el que gana millones.

–Se llama David.

–Sí, lo sé. David Edward Halstrom.

Por un instante Libby se sintió como en una película de ciencia ficción. Todo lo que sabía parecía haber perdido de pronto su base real. Su cabeza parecía una cueva oscura y su memoria una página en blanco.

Hannah la miraba.

–¿Estás bien? –preguntó–. ¿Quieres sentarte? ¿Un vaso de agua? Parece como si estuvieras a punto de morir, Libby.

–¿Ése es David Halstrom? –preguntó Libby con las manos temblorosas mientras señalaba la fotografía.

–Sí –se dio una palmada en la frente–. ¿Qué te llevo diciendo todo este tiempo?

Libby no respondió, se limitó a reunir todas las fotografías y meterlas en su bolso. Finalmente, consiguió respirar hondo y darle las gracias a Hannah por revelarlas.

–Siento tener que salir corriendo –dijo–, pero tengo que volver al motel, Doug lleva solo toda la tarde –era mentira, pero no se le ocurrió otra cosa que decir.

–No pasa nada. Saldré contigo, deja que apague las luces.

Mientras Hannah se ocupaba de apagar lámpara tras lámpara, Libby prácticamente salió corriendo y bajó las escaleras.

Capítulo Diez

David miró el reloj por vigésima vez en los últimos minutos, y la respuesta fue la misma que las demás veces. Es tarde, idiota, y ella ya no está.

Había llamado repetidas veces al Haven View esa tarde mientras volvía de Nueva York, y todas las veces le había respondido la voz grabada de Libby diciendo: «Por favor, deje su mensaje». Se había sentido, de alguna forma, abandonado. ¿Abandonado? Era una idea ridícula. Casi estrafalaria. Incluso cuando su propio padre había muerto cuando él tenía dieciocho años no se había sentido abandonado. Había sentido aflicción y después había seguido con su vida.

Le resultaba extraño que sus normalmente contenidas emociones de pronto fuesen tan poco sólidas y estuvieran tan al límite. La mayor parte de las reuniones de Nueva York habían sido deprimentes y poco productivas porque él, el jefe, no había sido capaz de concentrarse totalmente. Francamente, no había sido capaz de concentrarse en absoluto.

–Así que la propiedad está disponible, David, y a un precio relativamente bueno si nos movemos deprisa. Creo que la velocidad es la esencia de esta operación. ¿Qué te parece?

–¿Qué propiedad?

Su vicepresidente encargado de las adquisiciones había tragado con dificultad y después tratado de disimular un suspiro de impaciencia.

–Hum. El edificio del Upper East Side. El de la parte de arriba de la pantalla.

David había parpadeado y mirado la enorme imagen de un edifico de ladrillo de veinte plantas que tenía delante de los ojos y se preguntó cuánto tiempo llevaría mirándolo sin verlo. ¿En qué estaba pensando? Dios, le gustaría saberlo.

–Depende. ¿En cuánto estimas el precio de la reforma? –había preguntado.

El silencio en la sala de conferencias había sido casi palpable y se dio cuenta de que esas cifras habían sido discutidas en profundidad mientras estaba en su particular paraíso mental.

Idiota.

Entonces, había interrumpido todo aquello, bastante bruscamente y anunciado que tenía una jaqueca terrible. Cualquier decisión sobre ese proyecto sencillamente tendría que esperar a posteriores discusiones cuando su agenda se lo permitiera. Después había salido de la sala más como un rey que como el bufón que era en ese momento.

¿Era eso lo que se sentía cuando se estaba enamorado? Sacudió la cabeza y casi se echó a reír porque le pareció una pregunta de lo más juvenil para que se la planteara a sí mismo un hombre de treinta y cinco años. Tenía más que experiencia en temas de amor, pero nunca se había enamorado locamente. ¿Se estaba enamorando de Libby Jost?

Si ése era el caso, David no estaba seguro de si le importaba. Su temperamento, estaba bastante seguro a su edad, no se adaptaba bien a las subidas y bajadas emocionales y eso podía afectar a sus negocios. Sin ninguna duda habían perdido la propiedad del Upper East Side que era el asunto de la reunión de esa mañana a causa de sus malditas ensoñaciones de enamorado y de su distracción. Era completamente evidente que ese «estar enamorado» conllevaría una serie de problemas financieros en un abrir y cerrar de ojos.

Por otro lado, pensaba, ¿qué otra elección tenía? De momento no podía responder a esa pregunta porque lo único que quería era a Libby. Todos los días. Para siempre. Suspiró. Se sentía como un pez que se ha tragado un anzuelo hasta las tripas. El corazón, más específicamente.

La rabia, descubrió Libby, hacía conducir mucho más deprisa de lo habitual. La rabia combinada con el conocimiento de que había sido terriblemente engañada, hacían conducir aún más deprisa, así que no le sorprendió ver el destello de unas luces rojas tras ella cuando iba hacia el oeste por la autopista.

Se había detenido, bajado la ventanilla y entregado el permiso de conducir sin decir ni una palabra temiendo que, con su estado de ánimo, podía decir o hacer cualquier cosa que diera con ella en la cárcel los próximos cinco o seis años.

Una vez recibida la denuncia y reanudado su vuelta a casa, pensó que quizá no debería haber sido tan sumisa. En realidad, cinco o seis años en la cárcel no parecían tan malos en ese momento.

En prisión no tendría problemas con el motel. Seguramente conocería gente interesante en su galería. Perdería peso por la comida no muy sabrosa. Y, si le concedían el permiso para poder usar la cámara y el equipo de fotografía, podría hacer buenas fotos de «dentro» y quizá reunirlas en un libro.

Y lo mejor de todo: no tendría que volver a ver a David «el arquitecto» Halstrom. Jamás.

En el momento en que se había enterado de su identidad en el periódico, Libby había pensado que iba a marearse y había hecho todo lo posible para alejarse de Hannah.

¿Cómo podía haberle hecho algo así? ¿Por qué le había hecho algo semejante? Trataba de buscar una razón, pero no se le ocurría ninguna. No tenía sentido. ¿Por qué se haría pasar un hombre con lo que él tenía por un simple empleado? Podía haberle dicho que era el recepcionista del Marquis, o el cocinero jefe, incluso el ascensorista.

No le gustaban las mentiras. De hecho, las odiaba. Lo que hacía peor que la hubiese engañado mientras hacían el amor. Libby no sabía si se lo perdonaría alguna vez.

¿Cómo se había atrevido? Cada una de sus reflexiones terminaba con una pregunta. ¿Cómo se atrevía? Eso era lo que iba pensando cuando giró hacia el Haven View. El corazón le latía un poco más fuerte de lo normal y tragó saliva para tratar de calmarlo.

¿Cómo se atrevía estar allí, apoyado en su Jaguar sonriendo mientras la miraba como si todo fuese maravilloso? Deseó pisar el acelerador y estampar su vieja furgoneta contra su fulgurante coche verde. ¿Cárcel por eso? No era ningún problema.

En lugar de eso, fue con la furgoneta hasta la parte trasera de la oficina donde aparcó, sacó las llaves del contacto y esperó poder llegar a la puerta trasera de la oficina y cerrarla antes de ser abordada por esa lagartija.

No tuvo esa suerte.

Iba a abrir la puerta del coche, pero al segundo él estaba allí.

–Pensaba que no ibas a llegar nunca a casa –dijo–. He venido directo desde el aeropuerto.

¿Cómo podía parecer tan feliz?, se preguntó Libby. Era un mentiroso y actuaba como si fuera tan inocente como un bebé. Se preguntó a cuántas mujeres más habría engañado.

¿Estaría loco? Era un poco extraño hacerse pasar por alguien relativamente pobre, al menos comparado con quien era en realidad. Libby sintió que abría mucho los ojos a causa del miedo. David la agarró de la mano y casi la sacó de la furgoneta.

–No podía pensar en nada más que en ti, Libby, todo el tiempo que he estado en Nueva York –su sonrisa brilló casi con urgencia–. Y luego cuando tardabas tanto en volver...

Antes de haber terminado la frase ya la tenía abrazada. El corazón de Libby se debatía entre la calidez que sentía y la frialdad por haber descubierto la mentira. Le apoyó las manos en el pecho mientras su boca se inclinaba para recibir su beso.

–Libby, eh, Libby –susurró mientras tomaba posesión de la boca de ella.

Durante un largo y maravilloso momento ni siquiera pensó en la posibilidad de detestar a ese hombre. Se entregó por completo a la calidez y el maravilloso sabor de su beso. Una vez más las descargas eléctricas le recorrieron las venas y el corazón le golpeó en el pecho como una pájaro enjaulado. David la abrazaba con tanta fuerza que ni siquiera tenía que sostenerse por sí misma. Durante ese maravilloso instante, todo fue bien en el mundo y Libby deseó poder echar atrás el reloj unos pocos días, incluso unas pocas horas.

Lo duro fue que la realidad volvió a hacerse presente en su conciencia como una venganza. Se separó de él.

–Para. Suéltame.

David la miró como si no entendiera nada.

–He dicho que me sueltes –hizo fuerza con las manos contra su pecho.

–Libby, ¿qué pasa?

–Suéltame.

David bajó los brazos y ella dio un paso atrás al mismo tiempo que respiraba hondo.

–Ahora, te agradecería que te fueras. Por favor, David, sal de mi propiedad.

Una vez más la miró como si sus palabras no tuviesen sentido, como si hablase en otro idioma.

–He dicho que te vayas, que me dejes sola.

David dio un paso atrás como si necesitase ver las cosas desde otra perspectiva.

–No entiendo nada. ¿Por qué demonios estás tan enfadada?

–No quiero hablar ahora de eso –no podía hablar de ello, lo sabía, o se pondría a llorar como una tonta. Cerró de un portazo la furgoneta, agarró el bolso contra el pecho y se dirigió a la puerta de atrás de la oficina–. Por favor, vete.

–Libby...

–Adiós.

–Libby, cariño...

Se dio la vuelta para mirarlo a los ojos.

–No me llames cariño, David Halstrom. No soy nada tuyo. Jamás lo seré.

Después entró en la oficina, cerró la puerta y echó la llave.

En el aparcamiento subterráneo del Marquis, David cerró de un portazo el Jaguar con tanta fuerza que el eco fue como un trueno dentro de la cueva de hormigón. Subió en ascensor al vestíbulo para cambiar a otro que lo llevase al ático, se metió en él aliviado de que nadie lo hubiese parado por el camino por cualquier razón.

Miró su reflejo en el pulido latón del interior del ascensor; apenas se reconoció. Había algo más que ira en su expresión. Había una clase de dolor que nunca había visto antes. Nunca antes se había sentido así. Y, por Dios, no quería volverse a sentir así.

Una vez en el ático, se sirvió algo fuerte y se dirigió a la ventana meridional desde la que se veía el Haven View. Una parte de él deseaba no haber puesto los ojos jamás en ese horrible lugar, que el Marquis hubiese estado orientado al norte y no haber mirado nunca hacia el sur. Jamás.

Pero, en realidad, no era verdad. Y su corazón se lo recordó perdiendo ligeramente el ritmo. La verdad era que no sólo había conocido a Libby Jost, sino que se había enamorado perdidamente de ella en lo que debía de ser el récord del mundo de tiempo más corto. David alzó su vaso en dirección al desvencijado motel.

–Por ti, Libby, cariño. Ahora que sabes quién soy en realidad, ¿qué vas a hacer?

No tenía ni idea de cómo lo había descubierto, pero sabía que podía ocurrir desde que se había presentado como arquitecto. ¿Qué clase de imbécil era pensando que conseguiría un «amor normal» recurriendo a un disfraz?

No podía culpar a Libby por haberse enfadado, él hubiera hecho lo mismo si hubiese sido al revés. Pero tampoco era la peor mentira nunca dicha. ¿Qué hubiera pasado si hubiese sido un arquitecto haciéndose pasar por David Halstrom? Eso seguro que hubiera sido un crimen mucho mayor y la hubiese enfadado incluso más.

Se bebió el contenido del vaso, lo rellenó, después se sentó en un sofá de cuero a mirar hacia el sur preguntándose qué haría a continuación. Por primera vez en su vida, David no sabía qué hacer.

Capítulo Once

Lo último que Libby quería hacer esa tarde era tomar fotografías de la fiesta en el centro de rehabilitación. Habría preferido hacer una docena de fiestas de cumpleaños de niños de tres años con payasos aficionados, bizcochos horribles y madres exigentes. En realidad, habría preferido dar un largo paseo por un corto muelle.

Apenas había dormido la noche anterior, dando vueltas y vueltas, levantándose para tomarse una taza de leche templada, después más vueltas. Finalmente, a las cuatro de la madrugada, se había levantado, se había puesto su raído chándal azul y se había ido a correr para alejar los problemas y la ansiedad. No había funcionado.

Las cosas incluso habían empeorado cuando se había sentado en un bordillo y metido la cabeza entre las manos para entregarse a un buen y reparador llanto. El oficial de policía Tom McKenzie había detenido su enorme coche blanco. Era un tipo realmente agradable que hacía dos o tres paradas a la semana en el Haven View.

–¿Eres tú, Libby? –había dicho desde la ventanilla del coche.

Ella alzó la cabeza.

–Soy yo, Tom –saludó con la mano–. Estoy bien. No hace falta que pares.

–¿Estás segura?

No, no estaba segura, pero respondió:

–Sí. Sólo estoy recuperando el aliento. Llevaba mucho sin salir a correr y tengo que recuperar la forma. Gracias por parar de todos modos.

–Bien, de acuerdo entonces.

Una vez que desapareció, las ganas de deshacerse en lágrimas de Libby parecieron esfumarse también.

Lo peor era que no podía siquiera saber por qué estaba tan enfadada con David y se sentía tan herida por su mentira. Se sentía como una tonta, en realidad, por haber compartido la cama con uno de los hombres de más éxito en el país, por no decir uno de los más ricos, y no haber sabido quién era.

Se preguntaba si haría lo mismo con todas las mujeres que conocía... presentarse como otra persona y ver hasta dónde podía llevar la mentira. ¿Se reiría de sus víctimas? O quizá, pensó, quería librarse de las cazafortunas. Eso tenía sentido, pero Libby sólo era capaz de encontrar explicaciones criminales para su conducta.

Se dio una ducha y se vistió para el gran evento, como lo llamaba Doug. Dado que ella no iba a estar trabajando con la cámara de un modo oficial, decidió que estaba bien vestirse de un modo informal y se puso unos vaqueros y una blusa azul marino. En lugar de la Nikon analógica, decidió llevar una digital que le permitiría ver las fotografías inmediatamente después de hacerlas y mandárselas rápidamente al personal.

La fiesta estaba en su apogeo cuando llegó unos minutos después de la una y Libby puso a trabajar la cámara de inmediato.

La sala principal estaba decorada con estúpidas calabazas, fantasmas hechos con sábanas y espantapájaros, todo coronado con retorcidos papeles de colores otoñales. La gran mesa con la comida estaba festoneada con hojas auténticas y montañas de mazorcas de maíz y calabazas.

En una de las esquinas de la gran sala había un trío de músicos, ninguno de menos de setenta años, tocando temas de los treinta y los cuarenta para las escasas valientes almas que se arriesgaban a sufrir una lesión bailando en la diminuta zona de baile.

En la esquina contraria, se sentaba un grupo de mujeres con sus agujas de hacer punto y los bastidores de bordar, las sonrisas de sus rostros indicaban que se estaban intercambiando más de un chismorreo. En otra esquina había en marcha una partida de bingo. Libby consiguió hacer una toma maravillosa de una mujer ruborizada y emocionada en el preciso instante en que gritaba «¡bingo!».

Estaba disparando como loca y mezclándose entre la gente cuando una mano cálida la agarró del brazo y una voz familiar dijo:

–Tu tía se pregunta cuándo vas a hacerle una foto a ella.

Libby casi se quedó sin respiración cuando alzó la vista y se encontró con el rostro de David con esa sonrisa tan terriblemente sexy. Le llevó un momento aclararse lo suficiente como para darse cuenta de que aquél no era su sitio.

–¿Qué haces aquí?

–Me he tomado una taza de sidra con especias y

he tenido una agradable charla con tu tía Elizabeth –dijo–. Me ha estado hablando del tío Joe.

Libby notó perfectamente cómo se le hacía un nudo en el estómago. «Allá vamos otra vez», pensó.

–Está muerto –dijo sin ninguna entonación–. Lleva muerto seis décadas.

–Me lo he imaginado, Libby –dijo él con suavidad.

–¿Sí? –parpadeó.

–Tu amigo Doug me lo ha explicado cuando he ido a disculparme por haberle hecho creer que era arquitecto.

–Oh.

No se le ocurrió otra cosa que decir. Aquello iba demasiado deprisa para ella. De pronto parecía como si David Halstrom, el podrido mentiroso, estuviera incluido en su adorada familia y ella estuviese fuera.

–No quiero tener más secretos contigo, Libby –continuó–. La verdad es que he venido aquí para hablar con tu tía para comprarle el motel.

–No. No puedes –dijo sin pensarlo antes–. Tenemos planes. Bueno, yo tengo planes. Además no está en venta.

–No es tuyo Libby, por mucho que quieras el sitio, aún pertenece a tu tía. La decisión de vender es suya, sólo de ella.

Libby sabía que eso no podía discutirlo. Era la casa de su tía, enteramente y libre de cargas. No habían tenido deudas desde hacía un cuarto de siglo. En sus días de gloria el motel había dado lo bastante para pagarse entero.

–Sé a quién pertenece –dijo ella mirando a su alrededor–. ¿Dónde está mi tía? No los he visto ni a ella ni a Doug desde esta tarde y quiero hacerles algunas fotos.

–Está allí –señaló con la cabeza unas sillas al fondo de la sala–, pero me ha enviado aquí con un propósito explícito. He tenido que prometer, lo que incluye haberme puesto la mano en el corazón y haber dicho «que me muera aquí mismo», que te sacaría a bailar.

Libby alzó la barbilla y sacudió la cabeza brevemente.

–No, en tu vida.

Según salieron esas palabras de su boca, el trío atacó el *Moonlight Serenade* de Glenn Miller, una de sus canciones favoritas. Cuando era una niña de no más de siete u ocho años, había escuchado los viejos discos de setenta y ocho revoluciones de su tía. Era gracioso. No había pensado en ellos durante años, pero se preguntó si esos viejos discos aún andarían por el motel.

En ese momento, David le pasó el brazo por la cintura y antes de que se diera cuenta estaba en la diminuta pista de baile entre sus brazos. Era el último sitio donde Libby quería estar, pero no podía negar que se sentía maravillosamente volviendo a estar entre sus brazos y con el cuerpo pegado al de él.

David se detuvo un momento para sacarle por encima de la cabeza la cinta de la cámara, después se inclinó sobre el piano donde la dejó diciendo al pianista:

–Échele un ojo a esto, por favor.

El anciano caballero hizo un guiño y asintió sin perder el ritmo.

David volvió a rodearla con los brazos.

–No te resistas –le susurró al oído–. Decepcionarías a tu tía.

Libby resopló, pero en esa ocasión con poco entusiasmo. ¿Por qué era tan agradable tener al lado el tenso cuerpo de él?

–Sigo enfadada contigo –murmuró apoyada en su hombro–. Muy enfadada.

–No hay problema –dejó escapar una risita entre dientes–. Mientras puedas estar enfadada y bailar al mismo tiempo, cariño.

Parecía que podía. Quizá era porque David resultó ser un bailarín estupendo que le comunicaba los pasos que iba a dar por una especie de mágica telepatía. Se movían tan bien en la pequeña pista de baile, tan perfectamente a ritmo, que Libby se encontró deseando haberse puesto el vestido color melocotón en lugar de los viejos vaqueros. Ya que se sentía como Ginger Roger con Fred Astaire, deseó ir vestida como ella.

No se había dado cuenta de que el resto de las parejas habían abandonado la pista para mirar hasta que se terminó la música y una salva de aplausos salpicada por algún silbido estalló alrededor de ellos. David agradeció la ovación sonriendo y haciendo ligeras inclinaciones en dirección al público, Libby se limitó a ruborizarse y apretar aún más fuerte la mano de él con la esperanza de que terminaran los aplausos que lo único que hicieron fue incrementarse hasta que alguien gritó: «¡Otra! ¡Otra!». En pocos segundos el coro entero se unió a esa persona.

Maldición. No quería estar en el foco. Su trabajo estaba siempre tras las luces, haciendo fotografías de quienes ocupaban la zona brillante. Naturalmente, David estaba acostumbrado al clamor y la adulación, pensó, pero ella no y no le gustaba nada. De hecho, lo aborrecía.

–¿Estás lista para dar otra vuelta por la pista de baile, Libby? –preguntó él.

–Quiero salir de aquí –dijo ella repentinamente.

Le soltó la mano, recuperó la cámara que estaba en la tapa del piano, se la colgó del hombro y atravesó el público en dirección a la mesa de la comida en busca de algo más reconfortante que la sidra con especias.

Cuando estaba sirviendo algo de líquido dorado en un vaso de papel, la voz de David sonó detrás de ella, pero esa vez había un toque de Bogart en ella.

–Hay un tipo en la cocina que puede ponerle un poco de gracia a eso por un par de dólares. Sígueme, corazón.

Libby tuvo que hacer un gran esfuerzo para no echarse a reír y, por muy maravilloso y medicinal que le sonara lo de la cocina, declinó la invitación. Señaló la cámara que llevaba colgada del cuello y dijo:

–Gracias, pero aún me queda trabajo para esta tarde.

La diversión desapareció del rostro de David en un instante mientras la miraba serio.

–Tenemos que hablar, Libby. Ahora. Más tarde. Cena conmigo esta noche. Déjame explicarte...

–Creo que no, David –dijo negando con la cabeza.

¿Por qué tenía que ser tan persistente? Era como si ella fuera la única mujer en el mundo. Por Dios, seguro que ese hombre tenía una agenda de teléfonos del tamaño de la guía de San Luis.

–¿De qué tienes miedo? –retó con mirada penetrante.

–No tengo miedo de nada –dijo Libby poniéndose rígida.

–Demuéstramelo. Cena conmigo, por favor. Dame una oportunidad para explicarme, Libby. Después, si aún crees que soy peor que un gusano, no volveré a molestarte jamás –alzó la mano derecha–. Lo prometo.

Libby se bebió la sidra que le quedaba, después se giró hacia la mesa para rellenar el vaso mientras se preguntaba cómo conseguiría explicarle lo que había hecho de un modo aceptable y que hiciera que lo perdonara. Tenía muchas dudas de que pudiera, pero tenía que reconocer que no sería justo negarle la oportunidad. Por lo que sabía, lo más probable era que él provocara en ella aún más rechazo.

Era imposible disimular que la mano le temblaba mientras rellenaba el vaso, pero mantenía la espalda derecha y la cabeza clara. Se dio la vuelta para mirarlo.

–De acuerdo, David. Supongo que es justo darte la oportunidad de explicarte. Cenaré contigo y escucharé lo que tengas que decir, pero no en tu ático del Marquis.

Una expresión de alivio recorrió las facciones de David.

–De acuerdo –dijo él–. Acaban de dar los últimos toques al comedor, así que podemos inaugurarlo.

Se imaginó un enorme barco contra el que se lanza una botella de champán. Con su suerte, seguramente sería el Titanic.

–¿A las ocho?

–A las ocho –respondió ella con frialdad imaginándose de vuelta al Haven View a las once y con ese hombre pasando a ser parte del pasado.

Capítulo Doce

Después de la fiesta en la clínica y después de que su tía hubiera rechazado comentar ningún punto de su conversación con David Halstrom, más allá de decir que era un joven muy agradable, Doug acompañó a Libby al motel donde se metió tras el mostrador y se dedicó a revisar el correo.

Libby no tenía ganas de hablar. Eran las cuatro y media, tenía un dolor de cabeza que amenazaba con hacerse fuerte detrás de las cejas, por no mencionar el dolor de corazón. Le pesaba la sola idea de que esa noche sería la última con David, aunque fuera por elección propia.

–¿Sabes, querida? –empezó Doug mientras se bajaba por la nariz las gafas de cerca–, este viejo lugar cumplió su cometido hace cincuenta años, pero tienes que admitir que el viejo Haven View es algo pasado.

–Sí, lo sé, pero tengo planes para solucionar eso –dijo Libby–. La junta del padre James se reúne en dos días y...

–Y seguramente rechazará la idea –dijo Doug–. Son un grupo muy conservador, entiendo, y nada inclinado a hacer cosas que no se hayan hecho antes. Tienes que ser consciente de eso. Fue una gran idea, pero puede que no se lleve a cabo.

–Es una gran oportunidad para ellos –dijo ella.

–Puede que no lo vean de ese modo, cariño.

Doug se recostó en la silla, cruzó los brazos y apoyó los pies en el mostrador. Libby pensó que tenía algo más que decir, algo que, de algún modo, ella no quería escuchar.

–Tu tía ya no es joven, ¿sabes? –dijo él–. Y, aunque te sorprenda, yo tampoco.

Oh, no, deseó decir Libby. «No sigas mi querido Doug. No quiero tener esta conversación».

–Sé que no es fácil escuchar esto, cariño –dijo como si le hubiese leído el pensamiento–, pero es la verdad. Hay que decirlo.

Se sintió como una niña, como una niña asustada. Sólo fue capaz de suspirar.

–Libby, esta tarde David Halstrom le ha presentado a tu tía una oferta muy tentadora.

Libby resopló sintiéndose menos niña asustada y más amante traicionada.

–Apuesto a que sí.

–Esta propiedad no vale ni un penique –continuó Doug– y él la ha ofrecido todo y más. Al contado. Nada de plazos ni años para pagar. Todo junto.

Deseó responder petulante con una pregunta, pero no lo hizo. Se limitó a mirar al infinito a través de la oficina y mordisquearse una uña mientras esperaba a que Doug continuara.

–Lo está considerando –dijo él.

–Bueno, eso está bien. Supongo.

–Está bien, cariño. Espero que tenga la sensatez de aceptarla. Y espero, si te consulta, que tú la animes a hacerlo. O si no puedes animarla, al menos que permanezcas en silencio.

Libby no estaba preparada para abandonar tan fácilmente.

–¿Qué pasa con todos los proyectos para este lugar? ¿Qué pasa con todo ese dinero que tengo en el banco esperando para ponerse a trabajar aquí?

Doug se balanceó en la silla, después apoyó las yemas de los dedos de una mano en las de la otra y apoyó la barbilla.

–Si este sitio es lo que quieres... Si es el deseo de tu corazón, entonces tu tía no lo venderá bajo ningún concepto. Lo único que puedo decirte es... –hizo una pausa larga y dejó escapar un suspiro deliberadamente–. Ten cuidado con lo que deseas. Libby, corazón. Mucho, mucho cuidado –no le dio oportunidad de responder. Doug se incorporó en la silla y cruzó las manos detrás de la cabeza–. Bueno, ha sido un largo día, cariño. Me voy a mi casa a darme una buena y merecida ración de ojos cerrados.

Libby se quedó de pie al lado de la puerta para esperarlo. Lo abrazó.

–¿Te ha dicho alguien alguna vez que eres el mejor padre del mundo?

Doug la besó en la cabeza.

–Creo que alguien acaba de hacerlo.

Libby se quedó de pie frente al espejo de cuerpo entero de la puerta del armario unas horas después haciendo los últimos arreglos del vestido color melocotón. Se había rendido con el pelo y se lo había dejado suelto sobre los hombros.

Se dijo que no se estaba vistiendo para David, sino para la inauguración del comedor del Marquis, pero no se lo creyó. Se estaba vistiendo para David, de acuerdo. Iba a ser su última velada juntos así que quería que se diera cuenta de lo que se estaba perdiendo.

Oyó el sonido de unos neumáticos en el aparcamiento y un segundo después llamaron a la puerta de la oficina. Preparada o no, pensó Libby, allá iba. Respiró hondo y se echó una última mirada en el espejo, buscó su bolso y se dirigió a la puerta.

Fue Jeff quien la saludó.

–Buenas noches, señorita Jost.

Libby salió y cerró la puerta tras de sí.

–Buenas noches, Jeff.

No pudo evitar preguntarse si él sería parte del engaño desde el principio. Era parte del personal de David, ¿qué otra elección tenía? Decidió morderse la lengua antes de hacerle preguntas cuya lealtad le impediría responder. Las añadiría a la lista de todas las que tenía que hacerle a su jefe.

Condujo la limusina a través de la gravilla del aparcamiento, después se dirigió al norte, siguió poco tiempo por la autopista y después giró al oeste hacia la entrada del Marquis que tenía todas las luces encendidas como si el hotel estuviera lleno de huéspedes.

Y allí estaba David, en la puerta principal, con el aspecto de haberse contratado a sí mismo como portero. Sólo le faltaba el sombrero adecuado, por no mencionar una actitud de paciente servicio.

Al verlo, Libby deseó cerrar las puertas de la limusina y decirle a Jeff que volviera a llevarla al motel. De pronto no quería escuchar una letanía de excusas en boca de David. Tenía miedo de perdonarlo.

¿Y entonces qué? ¿Unas pocas noches deslumbrantes en su cama y después adiós? Libby deseaba no haberlo conocido nunca mientras él abría la puerta del coche y le tendía una mano para ayudarle a salir.

Respiró profundamente y en silencio hizo el voto de que daba lo mismo lo que le contase, incluso si entre ello se contaba una infancia de miserias, palizas habituales y cachorros perdidos, no le perdonaría haberla engañado.

David no estaba acostumbrado a hablar de su vida privada. Había sido entrevistado a lo largo de los años por los mejores periodistas de los grandes periódicos y se las había arreglado para mantener su vida privada fuera del foco.

Esa noche quería iluminar esa parte de su vida con Libby. Quería ser sincero, contarle todo desde sus primeros recuerdos. Más que nada, quería que ella lo perdonara.

Cuando vio entrar a Libby con el vestido color melocotón, se alegró de haber elegido el elegante comedor para la cena.

–Es precioso, David –dijo Libby mientras se sentaba.

–Gracias. Mi equipo de diseñadores trabaja junto desde hace seis o siete años y saben decorar una sala en poco tiempo.

Libby miró a los lados y sonrió.

–¿Estoy hablando con el arquitecto o con el David Halstrom real? Es sólo curiosidad.

David no pudo evitar echarse a reír.

–Es gracioso, ¿sabes? Hubo un tiempo de chaval en que deseé ser arquitecto. Debía de tener la mayor colección del mundo de juegos de construcción. Ahora trato de conseguir la mayor cantidad de ventajas que puedo para mis hoteles.

Libby inclinó la cabeza y David tuvo la esperanza de que lo que veía en sus ojos fuera genuino interés y no simple amabilidad.

Pero, demonios, incluso la amabilidad era un comienzo. A esas alturas, estaba dispuesto a aceptar cualquier cosa que ella quisiera darle y a sentirse extremadamente agradecido.

Después de cinco minutos de conversación, Libby supo que estaba perdida y odiaba reconocer que la única razón era el casi imperceptible temblor en el labio superior de David. Si él hubiese tratado de defenderse diciendo que la mentira que le había contado era algo insignificante y que no había ninguna diferencia si se ponía a considerar las cosas... Entonces ella hubiera sido capaz de mantenerse firme en su indignación al menos una hora más.

Gracioso, pensó. La bonita decoración del restaurante no tuvo ningún efecto sobre ella. Era cierto que había más lágrimas de cristal colgando del techo de las que había visto en toda su vida y en las sillas suficiente terciopelo como para cubrir media ciudad, pero no podía concentrarse en nada que no fuera el preocupado rostro de David y sus nerviosos gestos.

–He dicho al chef que prepare el pollo que tanto te gustó la otra noche –dijo cuando llegaron los platos–. Espero que no te importe repetir plato.

–¿Importarme? Podría comer eso todas las noches. Gracias.

De acuerdo. Así que estaba preocupado. Eso le daba algunos puntos, concedió Libby. Incluso recordaba lo que había cenado ella esa noche, algo que la mayoría de los hombres no podrían hacer ni por mil dólares.

Cuando el camarero se quedó de pie al lado de su mesa y, con manos expertas, descorchó una botella de vino, después sirvió un poco en la copa del anfitrión para que lo probase, Libby se dio cuenta del ligero temblor que había en las manos de David. Si estaba buscando un incontrovertible signo de victoria, decidió que lo tenía delante de ella. No el lamento de contrición que quería, pero casi.

Por supuesto, eso no significaba que fuera a revisar su decisión de poner fin a la relación. No podía quitarse de la cabeza que quien cenaba con ella era un multimillonario que podía elegir mujeres en cualquier parte del mundo, si no de toda la galaxia. Libby nunca había sido una tímida y reservada violeta, pero en ese caso en particular no le parecía descabellado preguntarse: «¿por qué yo?»

–Aún podrías ser arquitecto si quisieras –dijo en referencia a su anterior afirmación–. Sólo tendrías que volver a estudiar unos años.

David dio un sorbo a su copa sin dejar de mirarla, después dejó el vino y apoyó las manos en la mesa.

–Algo más de unos años, cariño. Mi madre murió cuando era un bebé y apenas había cumplido los dieciocho años cuando mi padre también murió y tuve que dejar la escuela para hacerme cargo de su negocio. Puede que haya ido dos o tres días a la universidad.

–Siento lo de tus padres, David. Perdí a los míos de muy pequeña –dijo ella–. Pero considerando el éxito que has tenido, es evidente que no necesitabas más educación formal.

David negó con la cabeza.

–He tenido suerte, para ser completamente sincero, más que otra cosa. He estado siempre en el momento adecuado en el lugar adecuado –el brillo de las cuentas de cristal del comedor se reflejó en sus ojos mientras se reía–, pero tienes que prometerme que no se lo dirás a nadie, si no tendré que matarte.

–Te prometo que mis labios están sellados.

–En realidad he pasado los últimos quince años intentando compensar la educación formal a la que no pude acceder. He hecho cursos a distancia de casi cualquier cosa, desde antropología a zoología y he leído todo lo que he podido. Lo he disfrutado seguramente mucho más de lo que habría hecho cuando tenía dieciocho años y lo he aprovechado mucho más.

Libby estaba impresionada aunque trató de que no se le notara. Por mucho que intentaba descubrir algo realmente horrible, alguna cualidad verdaderamente terrible en David Halstrom que hiciera más fácil rechazarlo, cada vez se sentía más impresionada por ese hombre. Eso no era lo que había previsto.

Y cuanto más hablaban de su pasado, más lo respetaba por no haber abandonado el negocio de su padre tras la muerte de éste, aunque eso había supuesto dejar los estudios y el final de su juventud. Pensó que él tenía mucho en común con su tía Elizabeth. Eran fuertes puntos de apoyo. Por supuesto eso no explicaba ni excusaba su mentira.

Cuando el camarero se llevó los platos y trajo el café, Libby decidió que había llegado el momento de preguntar lo que parecía obvio él no iba a abordar de un modo voluntario. Echó una cucharadita de azúcar en el café solo, inclinó la cabeza en dirección a David y preguntó:

–¿No te importa que me creyera de verdad que eras el arquitecto que había construido este precioso edificio?

David respondió sin dudar ni un segundo:

–Sí, me importa muchísimo. Mucho más de lo que te imaginas. Me arrepiento de esa mentira desde el momento en que la dije.

–Entonces, ¿por qué...?

–Libby, eras mi ángel de la farola. No quería perderte a las pocas horas de haberte encontrado por fin. No quería ver tu dulce boca fingiendo sonrisas ni tus adorables ojos volverse duros y calculadores cuando descubrieras quién era yo en realidad.

Aunque pareciera extraño, aquello tenía sentido para ella.

–Supongo que eso ocurre con frecuencia.

–Siempre –suspiró–. Como un reloj. No podía permitir que me ocurriera contigo.

–Eso no es, digamos, un cumplido sobre mi personalidad, David. Asumiste de un modo natural que sería una cazafortunas igual que las demás.

–Sólo porque no te conocía –se defendió él.

–¿Y ahora que me conoces?

–Libby, cariño, si tuviera que volver a conocerte... –le tomó una mano entre las dos suyas– me pondría de rodillas y le rogaría a mi ángel de la farola que se casara conmigo antes incluso de saber tu nombre.

El corazón de Libby se paró y luego retomó el latido. ¿Había oído bien? ¿Aquello era... era... oh, Dios, realmente una declaración?

¿Cómo podía ser? Apenas se conocían desde hacía una semana. Luego pensó que a ella le había llevado sólo veinticuatro horas enamorarse locamente de él. ¿Sería posible que a él le hubiese ocurrido lo mismo? ¿Que Cupido les hubiese acertado a los dos con la misma flecha?

Su mano seguía cálidamente anidada entre las de él mientras tragaba saliva decidida a preguntarle directamente qué quería decir, pero en ese momento apareció Jeff en el tranquilo comedor. En sus ojos había auténtico pánico.

–Hay un problema al otro lado de la autopista –dijo–. Un incendio. He llamado a los bomberos.

Capítulo Trece

Mientras corrían desde el restaurante a la entrada principal de hotel, David llamó por su móvil para que la limusina los esperase delante de la puerta. Apareció tras la esquina del edificio unos segundos después de que ellos llegaran a la entrada.

David le dijo al conductor que saliera del vehículo y saltó al asiento delantero mientras Jeff y Libby se metían atrás. Podía verse el humo saliendo del otro lado de la autopista y el inconfundible resplandor anaranjado del fuego.

–Corre, David, por favor –dijo ella.

Corrió. De hecho, pisó el acelerador hasta el fondo y apenas se detuvo en los dos cruces que separaban el Marquis del Haven View. En el asiento trasero, Libby permanecía inmóvil mientras la limusina entraba en el aparcamiento de gravilla y se detenía a menos de un metro de la puerta de la oficina.

–Oh, Dios mío.

Las palabras salieron de los labios de Libby casi como una plegaria desesperada mientras veía el fuego devorar la cabina número seis en uno de los extremos del motel.

–¿Dónde están los bomberos? –dijo Jeff con pánico en la voz–. Los he llamado. Deberían estar aquí.

David no decía nada. Estaba fuera de la limusina al segundo de detenerse mirando a su alrededor como intentando analizar toda la situación.

–Libby, ¿dónde está la manguera más cercana? –gritó por encima del techo del vehículo–. ¿Dónde?

Libby parecía completamente en blanco. Apenas sabía dónde estaba ella, sólo que el mundo parecía ir a ser devorado por las llamas.

–Libby –volvió a gritar–. ¿Una manguera? ¿Un grifo? Dime dónde hay algo.

Mientras salía de la limusina, volvió a la realidad y fue consciente del peligro.

–Allí –señaló a la tercera cabaña–. La manguera está conectada, creo. Está colgada de la pared oeste.

David corría hacia la cabaña antes de que terminara de hablar. Libby oyó en la distancia el ulular de las sirenas. ¿Por qué no se daban más prisa?

De nuevo se sintió paralizada mientras contemplaba cómo las llamas envolvían por completo la cabaña seis. Había una ligera brisa del oeste que mandaba las llamas hacia el este, hacia la siguiente en línea de cabinas. Las chispas caían como una lluvia roja sobre el tejado de la cinco.

Oh, Dios. ¿Acabaría así el trabajo de toda la vida de su tía? ¿Convertido en cenizas? ¿Sin que siquiera pudiera ir a echar un vistazo al sitio para despedirse de él? Sólo eso ya era una tragedia por sí mismo.

Después, por fin, el instinto profesional de Libby se despertó. Podía ser que no supiera apagar fuegos, pero desde luego sabía fotografiarlos. Llevaba diez años haciéndolo para un periódico. Corrió hacia la oficina, buscó su cámara que, por suerte, tenía las pilas nuevas.

Si todo iba a terminar esa noche, si ése era el último jadeo del Haven View, entonces ella sería la testigo de sus tristes momentos finales. Se echó la cámara al rostro y empezó a hacer fotografías en cuanto salió por la puerta de la oficina.

La brisa soplaba con más fuerza empezando no sólo a levantar chispas, sino fragmentos de listones y tejas de madera hacia la cabaña adyacente. No tardaría en empezar a arder también.

En ese momento fue cuando vio a David. Estaba de pie entre las dos pequeñas edificaciones dirigiendo el chorro de la manguera hacia el lado más cercano al fuego de la cabaña número cinco y tratando de que el agua llegara al tejado. Parecía totalmente ajeno al hecho de que las chispas caían sobre él mientras trataba de evitar que el fuego se extendiera.

–¡David! –gritó ella dejando colgada la cámara y corriendo hacia él–. ¡Sal de ahí! ¡Es demasiado peligroso!

Él miró en dirección a Libby un segundo, pero no pareció oírla.

–¡Sal de ahí! –volvió a gritar ella.

Los camiones de bomberos sonaban más cerca, los rotatorios iluminaban el este. «Deprisa», urgió Libby en silencio. «Deprisa, deprisa, por favor».

Se volvió hacia el incendio cámara en ristre justo en el instante en que la cabaña número seis se vino abajo. Mientras se hundía, las llamas y las chispas parecieron explotar y llenar el aire de la noche.

–¡David! –volvió a gritar.

Finalmente, entre el humo negro y los escombros incandescentes lo vio salir tirando la manguera y corriendo por el peligroso espacio que separaba ambas cabinas, sacudiéndose la ropa y el pelo.

El tejado de la cinco empezó a arder en el momento en que los grandes camiones de los bomberos aparecieron en el aparcamiento. El suelo tembló bajo los pies de Libby cuando los motores de las bombas se pusieron en marcha. Dio unos temerosos pasos hacia atrás. Parecía un terremoto. Llegó hasta el parque infantil y se agachó para evitar que el temblor de las piernas diera con ella en el suelo.

Desde allí hizo algunas fotografías más, pero el ángulo era horrible y las manos le temblaban, así que decidió dejar de ser fotógrafa y se sentó en el suelo a contemplar la situación como una simple víctima.

Jeff se sentó a su lado. Ella no tenía ni idea de dónde había estado, pero a la luz del fuego pudo ver que tenía hollín en el rostro y la ropa empapada y arrugada, muy distinta a como la solía llevar siempre.

–Lo siento –dijo él.

Libby se inclinó y apoyó su hombro sobre el de él.

–Gracias, Jeff. Podría haber sido mucho peor, supongo. Al menos nadie ha sufrido daños.

–Gracias a Dios –dijo el joven apoyando la barbilla en las manos mientras contemplaba cómo las mangueras de los bomberos empezaban a conseguir reducir el porte de las llamas–. ¿Sabe una cosa, señorita Jost?, sólo entre usted y yo, nunca he pensado que el Haven View fuera un sitio tan terrible.

Hablaba como si ya no existiera, pensó Libby, y sintió ganas de echarse a llorar.

Después Jeff añadió:

–Al menos no pensaba que fuera la ofensa a la vista que le parecía al jefe.

–Gracias –murmuró ella.

Así que David lo consideraba una ofensa a la vista. No debería haberle sorprendido, pero Libby aún se sentía traicionada. Se sentía herida, como si el viejo motel fuese un pariente cercano cuyo honor estaba obligada a defender. En realidad, era el honor de su querida tía Elizabeth el que estaba en juego y Libby defendería a su tía hasta el fin del mundo, si era necesario.

Entonces pasó por su cabeza una idea: podía ser, sólo podía ser, que David hubiese arreglado lo de ese fuego a alguien como su perro faldero, Jeff, o a otra persona de su equipo. Una instrucción dada en un susurro. Un dinero en la mano. Un poco de gasolina. Una cerilla o dos... ¿Quién se iba a enterar? Y, más importante, ¿a quién le iba a importar más allá de su tía, Doug y ella?

A lo mejor esa salida en tropel desde el Marquis y su heroica actuación con la manguera entre las dos cabinas simplemente fuera un espectáculo para la galería. Y quizá, sólo quizá, pensó Libby, ella estaba dejando que sus miedos y frustraciones se estuvieran desbocando y haciéndose con ella.

Entonces, mientras trataba de poner coto a sus peores sospechas, apareció David como salido de ningún sitio y se agachó al lado de ella. Los tres, Jeff, Libby y David, miraron en silencio cómo las llamas se iban extinguiendo una a una.

***

Media hora después el aire era húmedo y acre. Ya no había ni llamas ni humo, pero los bomberos seguían inspeccionando las cabañas cinco y seis para comprobar que el trabajo estaba terminado.

Libby seguía sentada en el borde del parque infantil flanqueada por David y Jeff. Ya que no había una cortina de humo que les ocultara el cielo a la vista, se dio cuenta de las brillantes estrellas que había sobre ellos. Le pareció increíble que una cosa tan triste y terrible pudiese ocurrir en una noche tan hermosa.

Su interrumpida cena en el bonito Marquis parecía tan lejana que apenas la recordaba. Sin embargo recordaba las palabras de David y se preguntó si no serían una simple distracción para que no se diera cuenta de lo que estaba pasando al otro lado de la autopista.

Miró a su derecha. Las luces de los camiones de bomberos se reflejaban en el rostro de David mientras su mirada seguía clavada en la devastación al otro extremo del motel. Oh, cómo deseaba que él no tuviera nada que ver con el fuego. Si tenía algo que ver...

Un bombero calzado con unas pesadas botas y cubierto de ropa muy gruesa se acercó a ellos.

–Soy el capitán Burford –dijo–. Busco al propietario de este lugar.

Libby se levantó y se recolocó el chal color melocotón sobre los hombros.

–Ésa soy yo, supongo –tendió la mano–. Libby Jost. Mi tía es la propietaria legal, pero está ingresada en un hospital.

–Hemos conseguido apagar el fuego en su mayor parte –dijo el bombero–. El procedimiento habitual es vigilar algo más de tiempo, sólo para asegurarnos de que el fuego no se reaviva.

Libby asintió.

–¿Estaba usted aquí cuando se inició? –preguntó el bombero.

Ella negó con la cabeza preguntándose si tendría aspecto de culpable.

–No, no estaba. Estaba al otro lado de la calle, al otro lado de la autopista, cenando –iba a decir que David era su testigo, pero el bombero continuó.

–De acuerdo. A estas alturas, estamos relativamente seguros de que ha sido un cortocircuito en algún interruptor de la última cabaña mucho más que algo intencionado. Pero nuestro inspector volverá por la mañana para echar un vistazo con luz y hacer un informe final.

–De acuerdo –dijo Libby.

Así que habían considerado la intencionalidad, pensó. O quizá era que siempre la consideraban hasta que hacían una última evaluación de un incendio.

Miró de soslayo a David, aún sentado en el suelo, y no vio en él ni el más mínimo indicio de pánico, ni siquiera de preocupación. Pero ¿qué significaba eso? Ya sabía que era un buen actor, la había convencido de que era arquitecto.

El bombero, que estaba escribiendo algo en un cuaderno, levantó la cabeza y dijo:

–Voy a tener que acordonar el lugar y precintarlo mientras tanto. Eso supone que no puede abrirse, ¿entendido?

–Sí –asintió Libby de nuevo decidiendo que no tenía sentido decirle que no estaba abierto.

–Muy bien –arrancó una copia del cuaderno y se la dio a ella–. No tiene que quedarse por aquí si no quiere. Nosotros nos ocuparemos de mantener la zona bajo control, pero sí espero que esté mañana cuando llegue el inspector sobre las nueve.

Libby recogió el papel y se dio cuenta de que las manos le temblaban.

–Aquí estaré –dijo al bombero.

Volvió a sentarse entre los dos posibles culpables.

–¿Ya está? –preguntó David con tranquilidad.

–Sí, al menos eso creo.

–Entonces vuelve al hotel conmigo. No querrás pasar la noche aquí, Libby.

No, no quería. Sólo pensarlo le hacía sentir pánico.

–Gracias, David –dijo ella.

¿Qué otra elección tenía?

Capítulo Catorce

Cuando el ascensor llegó al ático, Libby parecía calada hasta los huesos por el aerosol de las mangueras y casi dormida de pie, así que David la tomó en brazos y la llevó hasta el dormitorio beige y azul claro que él siempre había considerado el más femenino de la suite.

La habitación no tenía ventanas que dieran al sur. Lo último que le hacía falta en ese momento a ella, decidió, era estar mirando la destrucción del otro lado de la autopista.

–Será mejor que te quitemos esa ropa empapada, cariño, después te busco algo que puedas ponerte.

Se quedó de pie al lado de la cama como una niña agotada mientras él le desabrochaba el vestido color melocotón que olía a humo y ceniza en lugar de a perfume. David inclinó la cabeza, la besó en la fría piel del hombro y oyó un suave murmullo surgir de la garganta de ella.

Un deseo superior a cualquier otro que pudiera haber experimentado nunca recorrió su cuerpo como una poderosa ola. Casi superado por la fuerza de la emoción, tragó con dificultad y dio un paso atrás. Tuvo que obligar a su mente a recomponerse y a su sangre a mantenerse en su sitio.

Dios, cómo la deseaba. Con cualquier otra mujer, habría pensado «¡qué demonios!» y hubiera dado rienda suelta a su deseo allí mismo sin considerar su estado emocional. No haría eso con Libby. No podía hacerle eso a ella. Le importaba demasiado su bienestar.

Suspiró profundamente y se alejó un momento para recobrarse mientras le buscaba algo que ponerse. Por suerte había un kimono de seda color marfil colgado de una percha del cuarto de baño. En el espejo, David se vio a sí mismo por primera vez desde que había estado en el incendio.

Al igual que Libby, también parecía como si se hubiese peleado con una fiera. Tenia manchas negras de hollín en la frente y en las mejillas y el cuello y bastantes agujeros en la camisa. Incluso el pelo de su cabeza parecía chamuscado en un par de sitios. Una vez que Libby estuviese dormida, pensaba darse una larga ducha caliente antes de meterse en la cama.

De vuelta al dormitorio, se encontró a Libby de pie al lado de la cama mirando al infinito.

–Ponte esto, corazón mientras te traigo algo fuerte.

–Gracias –dijo con una voz tan apagada y sin fuerza como el resto de ella.

Le brillaban los ojos, pero David no habría podido decir si estaba llorando o era la irritación del humo.

Recogió el vestido que ella había dejado en el suelo y salió en busca de una medicina probada cientos de veces.

En el salón se sirvió un dedo de brandy y después se acercó con la copa en la mano hasta la ventana que daba al sur. Un coche patrulla estaba aparcado en el acceso del motel, sin duda para asegurarse de que el fuego no se reavivaba durante lo que quedaba de larga noche. Resultaba extraño no ver las dos últimas pequeñas cabañas. Casi las echó de menos al no verlas donde deberían estar.

David pensó en lo que le hubiese deleitado ese incendio la semana anterior. Dios, se habría quedado allí mirando cómo el fuego devoraba el horrible sitio cabaña a cabaña. Se hubiera reído a carcajadas cada vez que se hubiese hundido una llenando el aire de fuegos artificiales. El espectáculo lo habría vivido como una victoria, una medida más de su éxito.

Pero eso era antes de Libby. Una pequeña sonrisa alzó la comisura de sus labios. Su vida parecía dividida entre A. L. y D. L. Antes de Libby y después de Libby.

Volvió a rellenarse la copa y llenó otra para ella. Dejó el vestido en el respaldo de una silla y lo primero que pensó al verlo fue en llamar a Jeff para que se lo llevara y lo hiciera limpiar. Lo segundo fue que dejaría al pobre muchacho dormir y quizá le daría incluso el día libre.

Pensó que se estaba volviendo un buen tipo, al menos alguien que se preocupaba de los sentimientos de los demás. Esperó que nadie se diera cuenta de ello. Eso sería definitivamente malo para los negocios.

Cuando Libby se despertó, no tenía ni idea de dónde estaba, pero de algún modo sí sabía dónde tenía que estar a las nueve: en el Haven View, con el investigador de incendios. Por desgracia el reloj de la mesilla le informó de que eran más de las nueve. De echo, eran un poco más de las once.

Gruñó y se levantó de la cama. Tampoco estaba segura de lo que llevaba, pero sabía que esa seda no era suya. Respiró hondo llena de frustración y se dio cuenta de que el pelo le olía a humo. Entonces la cabeza se le llenó de vívidos recuerdos de la noche anterior.

Llamaron a la puerta y oyó la voz de David diciendo suavemente:

–¿Libby?

–Estoy despierta –dijo, miró la puerta mientras se abría y entraba David.

Se sorprendió de verlo con un impecable traje gris con una corbata a juego. Parecía descansado, lo que hizo a Libby pensar en echarse por encima las mantas de la cama.

–¿Cómo estás esta mañana? –preguntó mientras se sentaba en el borde del colchón.

–Mejor –dijo ella–, pero me siento culpable por haberme quedado dormida en lugar de ir a reunirme con el inspector. Me pregunto si podría hacer algo para volver a quedar con él.

–No tienes que hacer nada. He ido yo como tu representante.

–¿De verdad? –Libby no sabía si estar agradecida o sospechar, no sabía si él estaba ayudando o escondiendo algo–. ¿Qué ha dicho?

–Bueno, lo primero es que tu tío Doug estaba allí.

Libby se dejó caer en la almohada.

–Debería haberle llamado esta mañana para darle la noticia. Oh, Dios, ha debido de ser terrible para él llegar allí y ver...

–Lo ha sido –dijo David–, pero es un tipo con una buena filosofía de la vida. No parecía considerarlo la peor tragedia del mundo. Casi diría que estaba feliz y aliviado por que nadie hubiera sufrido daños.

–Sí, yo también –dijo ella casi en voz baja.

–El inspector te mandará una copia de su informe, Libby. En una semana o diez días, supone. Pasó como una hora recorriendo el sitio, las cabañas quemadas y las demás. Era muy meticuloso.

–¿Y...? –aguantó la respiración con la esperanza de que David no pronunciase la palabra «intencionado».

–Y diría que está al noventa y nueve por ciento seguro de que el culpable es el viejo cableado de la sexta cabaña. No había trazas de aceleradores ni nada remotamente sospechoso, así que descartó el incendio provocado casi desde el principio. Doug estaba muy satisfecho de que sus propias conclusiones fueran las correctas. Le dijo que había habido un incendio en otra de las cabañas hace dos años.

–No tenía ni idea –dijo ella.

–Sí, lo sé. Doug me ha dicho que no te lo contaron para no preocuparte.

–Bueno, tendremos que cambiar los cables, supongo –trató de parecer optimista–. ¿Será muy difícil?

David se limitó a encogerse de hombros en respuesta.

–No te va a gustar oír esto, cariño, pero el inspector ha clausurado el local.

–¿Qué significa eso?

–Básicamente significa cero actividad hasta que venga otra inspección.

Libby gimió mientras buscaba con la mano otra almohada para ponérsela sobre la cabeza. Después de un momento alzó una esquina y miró a David.

–¿Alguna otra noticia horrible?

–No. Eso es lo que hay de momento –dijo con una risita mientras se agachaba a darle una palmada en la pierna–. La buena noticia, sin embargo, es que te he preparado la bañera y que tu desayuno llegará en unos diez o quince minutos.

Considerando todo junto, aquello sí sonaba realmente bien, al menos era lo mejor que había oído esa mañana. Tendría mucho tiempo, decidió, para quejarse y deprimirse una vez que estuviese limpia y con el estómago lleno.

David miró a Libby sumergirse en la bañera hasta la barbilla. Si hubiera podido pedir un deseo en ese momento, habría sido repetir esa visión, día tras día, los siguientes setenta y cinco años.

Le dio un enorme vaso de zumo de naranja y después le quitó una mancha de hollín de la frente y otra, más pequeña, de la mejilla.

–Nada de volver a jugar a los bomberos, mi niña –dijo él.

–Lo mismo te digo –replicó ella sonriendo por encima del zumo.

Considerando la convulsión que había sufrido su mundo y el de sus seres queridos, estaba sorprendido de que siquiera pudiera sonreír. Después de la muerte de su padre, David recordaba no haber sonreído en diez años.

Le había pedido que se casara con él la noche anterior, un momento que lo había tomado completamente por sorpresa. Había sido como si otra persona estuviese usando su boca para hablar. Pero en ese momento, sabía que hacía suyas cada palabra de la declaración. Daba lo mismo que se conocieran desde hacía cinco o seis días. Sería afortunado si podía tener a esa hermosa y valiente mujer a su lado el resto de la vida.

Por desgracia, el objeto de su inesperada declaración, parecía no haberla escuchado, o si lo había hecho, parecía no recordar ni una palabra de ella. Pero, quién podía culparla después del trauma que había seguido a la pregunta. Y en ese momento, David, a pesar de su habilidad de ejecutivo y su facilidad verbal, no sabía cómo volver a preguntárselo.

Con toda su bravura en los negocios, se sentía un completo cobarde en su vida personal.

–David –dijo ella mirándolo con sus ojos azules a través del vapor de la bañera–. ¿Sabes, por casualidad, si Doug le ha dicho algo a mi tía?

Asintió.

–Por lo que yo sé, estaba pensando en visitarla esta mañana e informarle de todo lo ocurrido anoche –sabía algo más, pero decidió no contárselo de momento.

Ella suspiró y se sumergió un poco más en la bañera, hasta los lóbulos de las orejas.

–Va a pasarlo realmente mal. Pobrecilla. Ese motel es toda su vida. Y necesita un lugar donde quedarse cuando le den el alta, lo que va a suceder cualquier día.

–Bueno...

–Bueno, ¿qué? –preguntó ella inclinando la cabeza para mirarlo con los ojos entornados–. ¿Por qué tengo la sensación de que hay algo más que no me estás contando?

–Bueno...

David no estaba acostumbrado a esa clase de conversaciones, partidas de ping pong en las que no se ganaba nada. Solía ser directo y decir lo que tenía que decir. Decidió que en esa ocasión haría lo mismo.

–Le he ofrecido a tu tía una suite en el Marquis, Libby. Para todo el tiempo que la necesite –miró su reloj–. Espero que Doug se lo esté contando en este momento.

Lo miró un largo tiempo sin decir nada. A David le pareció una hora bajo el escrutinio de la Inquisición. No podía decir por la expresión de ella si le iba a dar las gracias o una bofetada, aunque se sentía lo bastante desconcertado como para no notar la diferencia.

Libby bebió un largo trago del zumo antes de sacarlo de su angustia.

–Eso es increíblemente generoso por tu parte –dijo–. Gracias, David. Muchas gracias.

David exhaló una gran cantidad de aire y después hizo un gesto con las manos señalando a su alrededor.

–Esto es un hotel, Libby. Un hotel muy grande. Hay muchas habitaciones para tu tía y para Doug, también si deciden venirse aquí.

El agua se agitó alrededor de los hombros de Libby cuando se incorporó en la bañera de mármol. Dejó el vaso vacío en el borde.

–¿Estás tomándome el pelo, David? ¿Ha sido ésa una de las opciones que le has dado a él? ¿A ella?

–Sí –dijo él–. Así es –no sabía por qué estaba tan sorprendida por esa oferta en particular–. Simplemente he dado por supuesto que estaban juntos, los dos, desde hace mucho tiempo y que no querrían separarse ahora.

Libby parpadeaba como si le hubiese entrado agua en los ojos.

–Han estado juntos –dijo ella–, pero nunca han vivido juntos. Al menos no en los treinta años que yo he andado por aquí.

David hizo todo lo que pudo para no echarse a reír.

–Bueno, cariño, quizá ha llegado el momento de que empiecen. Estoy seguro de que conoces la expresión nunca es tarde...

–Eh, no tengo ningún problema en que vivan juntos. Se lo he sugerido durante años, así que me parece completamente bien –dijo, y suspiró mientras alzaba los ojos al cielo–. Lo que no sé es cómo se lo tomará el fantasma del tío Joe.

–Entiendo lo que quieres decir. Casi pensé que estaba vivo cuando tu tía me habló de él en la clínica. Ella no lo cree de verdad, ¿no?

Libby se encogió de hombros.

–Quizá él decida quedarse rondando por el Haven View en lugar de cruzar la autopista.

–Bueno, entonces, supongo que sólo tenemos que esperar y ver lo que pasa, ¿verdad?

Viendo a Libby volver a sumergirse en la bañera, David no pudo evitar pensar que «esperar y ver» no era exactamente su estilo, pero parecía que no le iba a quedar otro remedio y decidió que sólo tenía que... bueno... esperar y ver.

Capítulo Quince

Libby apenas había tenido tiempo para secarse después de su largo y relajante desayuno con baño cuando su teléfono móvil sonó desde las profundidades de su bolso. Aún con la toalla alrededor, sacó el teléfono y atendió la llamada.

Era Doug que, prácticamente gritando, le dijo:

–Libby, cariño, tengo grandes noticias. Los médicos han dado el alta a Elizabeth. Saldremos de aquí en cuanto recojamos todo.

Libby notó que se le quedaba la boca abierta. Eran grandes noticias, desde luego, sólo que ella las esperaba en unos días. Un poco aturdida de pronto, quizá empapada de agua y demasiado llena por los huevos revueltos, las salchichas y las tostadas, se sentó en el borde de la cama.

–Pero... ¿dónde piensas llevarla? –consiguió preguntar finalmente.

–Bueno –dijo Doug con una risita–, ya sabes lo cabezota que es. Le he contado lo del incendio, por supuesto y después le he dado otras opciones. Le he dicho que estaba mi casa o el Marquis. Y dado que no es tonta, y que sabe perfectamente que mi casa suele tener medio metro de polvo y libros y revistas tirados por ahí, sabiamente ha elegido el Marquis.

Libby recordó que David había ofrecido una suite para uno de los dos o ambos, tres si el fantasma de Joe decidía acompañarlos. Por alguna razón, sin embargo, no había pensado que fueran a aprovechar la oportunidad. ¡Y tan pronto!

–Bueno, estaremos en la puerta del hotel en cuanto Elizabeth tenga todo organizado y empaquetado –dijo él.

Fue en ese momento de la conversación que Libby se dio cuenta de que no tenía nada que ponerse más allá de la toalla o del escaso kimono con que había dormido. Era siempre un detalle recibir a la familia, sobre todo a la de mayor edad, con ropa propia.

–¿Dónde estás ahora, Libby? –preguntó Doug.

–En el Marquis –respondió, «virtualmente desnuda».

–Oh, eso es perfecto. Bueno, vamos para allá –suspiró–. Finalmente.

Después de acabar la conversación, Libby llamó a David con la esperanza de recuperar el vestido de la noche anterior.

–Lo he mandado a la lavandería –le dijo él, y rió suavemente mientras la miraba desde los pies a la cabeza–. Creo que no me importaría verte sólo con una toalla las próximas semanas.

–Bueno, no creo que mi tía Elizabeth piense lo mismo y estará aquí en menos de una hora. Necesito mi ropa, David.

Como era habitual, la tarea recayó en Jeff, a quien se envió al Haven View con una lista de cosas que llevar al Marquis. Volvió en media hora y Libby se sintió agradecida de poderse poner algo más que una toalla, en esa ocasión su uniforme habitual: unos vaqueros y una camiseta negra.

David, mientras tanto, se encerró a trabajar y ella bajó al vestíbulo a esperar la llegada de su tía. En ese momento en que la inauguración era cuestión de días, parecía como si el gran hotel hubiera despertado a la vida. El vestíbulo estaba brillantemente iluminado y lleno de gente, ya había clientes reales registrándose. Ya parecía más un hotel que el patio de juegos de David.

Salió al sol y miró los taxis y los coches de lujo ir y venir. Al ver todo aquello, pensó que aunque aún quedaba la posibilidad de que la junta del padre James aprobara la reforma del viejo motel, era muy difícil que los el ayuntamiento autorizara la reforma. Tampoco David aceptaría la ubicación de semejantes instalaciones justo enfrente del Marquis.

Y quizá, después de todo, él tenía razón.

Había llegado el momento, decidió, de revisar sus planes para los mágicos cincuenta mil dólares. Estaba empezando a hacer una lista de posibilidades cuando vio el coche de Doug acercarse a la entrada del hotel.

Jeff les acompañó durante el proceso de registro en el hotel, después fue con ellos hasta la suite de la planta veinte. Tenía dos dormitorios, dos cuartos de baño, un lujoso salón y una pequeña pero bien equipada cocina. Seguramente no era accidental que las ventanas diesen al norte y Libby agradeció profundamente que su tía no tuviese que ver la devastación del motel.

Antes de marcharse, Jeff le dejó a Libby la carta del servicio de habitaciones.

–Les traerán la comida en cuanto la pidan –dijo–. La factura ya está resuelta.

–Gracias, Jeff. Por todo –dijo Libby.

–No me lo agradezca a mí, señorita Jost. Hago lo que me dice el señor Halstrom. Sólo cumplo sus órdenes. Además, debería ser yo quien le diera las gracias porque es mucho más llevadero como jefe desde que la conoce. Espero que siga por aquí mucho tiempo.

La comida llegó en menos de media hora una vez que Libby hubo llamado para pedirla y el camarero la sirvió en una mesa al lado de la cocina. Cuando Libby trató de darle una propina, la rechazó.

–Va en contra de las órdenes del jefe –le dijo–. Disfruten de la comida.

Su tía, más que feliz ante la perspectiva de comer algo que no fuese comida de sanatorio, había pedido un plato de fruta fresca y un filete con patatas asadas. Libby quedó sorprendida al verla prácticamente limpiar los dos platos. Si se había llevado un disgusto por el incendio, era evidente que no había afectado a su apetito.

Cuando finalmente terminó de comer, rellenó la taza de café y dijo:

–Tenemos que hablar del Haven View, tía. Ahora, si estás preparada, o si no, pronto.

–Doug y yo ya lo hemos discutido hasta la muerte, Libby. Pásame la crema, por favor.

Libby miró a Doug. Su expresión neutral hablaba alto y claro: «No me mires a mí, habla con ella», decía.

Volvió a intentarlo.

–Bueno, ¿habéis llegado a alguna decisión? Si no, puedo ayudarte a aclararte.

Su tía soltó la cuchara con la que había revuelto el café.

–No quiero que esto te disguste, Libby, pero mi decisión está más que tomada. Voy a vender en cuanto esté resuelto todo el papeleo.

–¿Vender? –Libby repitió la palabra como si no entendiera el significado.

–Pásame el azúcar, corazón. Pensaba que te llevarías un disgusto y por eso no quería hablar de ello aún, no mientras estamos disfrutando de estar juntos otra vez.

Su abuela se echó el azúcar y mientras revolvía el café, llamaron a la puerta.

–Yo iré –dijo Doug levantándose de la silla–. Supongo que vendrán a por los platos vacíos.

Libby permaneció sentada en silencio sin querer obsequiar al camarero con una discusión familiar. Estaba irritada porque su tía parecía haber hecho esa venta a espaldas suyas. Era su propiedad y podía hacer con ella lo que quisiera, pero Libby se sentía excluida del proceso.

–Sabía que te sentirías herida –dijo su tía en un susurro inclinándose hacia ella–, pero Doug cree que es mejor no perder ningún tiempo dadas las circunstancias.

–¿Qué circunstancias? –susurró también Libby, y después dijo algo que nunca pensó que saldría de su boca–. ¿Qué pasa con el tío Joe?

–Oh, cariño –le dio una palmada en la mano–. Sé que tú, Libby, que todo el mundo, jamás se ha creído una sola palabras de esa historia mía.

–Pero... –Libby no pudo decir nada más, estaba sorprendida de lo bien que estaba su tía cuando ella estaba a punto de explotar.

–Era mi modo de afrontarlo, corazón –dijo su

tía–. Era, supongo, un modo de mantener a tu tío en vida de alguna manera. Al menos eso pareció al principio.

–Pero...

–Cuanta más gente pensase que estaba loca, más gente me dejaría en paz –bebió un poco de café–. No empezó así, en realidad sí creía que mi querido Joe volvería a casa, pero después de diez años supe que se había ido para siempre. Aun así, mantuve mi pequeña charada porque ayudaba a proteger el Haven View. Nadie en la ciudad se habría atrevido a proceder contra «esa pobre mujer sola».

–Me gustaría que me lo hubieses dicho –dijo Libby recuperando la voz.

–Bueno, cariño, eras una chica tan lista que supuse que te lo imaginabas dado que nunca me lo habías preguntado.

En ese momento, entró Doug con una enorme sonrisa en la boca.

–¡Mirad quién está aquí! –dijo justo cuando David entraba tras él.

David. Con su lujoso terno, los zapatos italianos y una sonrisa perfecta. Todo pareció tener sentido para Libby cuando él entró. Ese hombre había estado conspirando y haciendo tratos a sus espaldas mientras que con ella hacía el amor. No tenía ninguna duda.

Y esa serpiente que se hacía pasar por ser humano se inclinaba en ese momento a besar a su anciana tía en la cabeza.

–¿Qué tal la suite, Elizabeth? –preguntó–. Hay disponible una más grande si ésta te parece que no tiene suficiente espacio. Sólo tienes que silbar. Podemos hacer el cambio en dos o tres horas.

La tía se echó a reír.

–Después de mis lugares de residencia previos, David, esto es el paraíso en la tierra. Por favor, siéntate, tómate un café con nosotros.

–Gracias –dijo él. Se sentó.

Libby no podía aguantar un segundo más. Le iba a explotar la cabeza. En cuanto David se sentó, ella se puso en pie.

–Bueno –dijo haciendo un gesto en dirección a su tía–. Vendré luego a veros, tengo algunas cosas que hacer esta tarde.

Se retiró deprisa y, cuando cerraba la puerta de la suite, oyó a David excusarse. Una vez fuera, supo que era imposible llegar al ascensor antes de que él la alcanzara, así que se dirigió a la escalera de incendios.

–Libby –la llamó justo cuando la pesada puerta se cerraba tras ella.

Maldición. Bajando las escaleras de dos en dos como si el hotel estuviera ardiendo consiguió bajar dos tramos completos antes de que David la alcanzara.

–Libby –la agarró del brazo.

–Déjame, David.

–¿Estás huyendo de mí?

–No huyo. Sólo deja que me marche.

–No hasta que me digas por qué. Esto es una locura, Libby. ¿Por qué lo haces?

–Porque has ido a mis espaldas a comprarle el Haven View a mi tía, ¿te crees que no me he dado cuenta?

La miró sacudiendo la cabeza sin decir nada.

–¿Darte cuenta? Suponía que lo sabías, suponía que ella te contaría la negociación.

–Bueno, pues no lo sabía. No me ha dicho nada, acabo de enterarme hace un minuto –estaba tan furiosa que tenía que hacer grandes esfuerzos para no darle una patada en la espinilla–. Así que le das... ¿qué? A cambio del terreno. ¿Una suite de tamaño medio, servicio gratuito de habitaciones, un par de dólares además? ¿Es ése el trato?

–¿Es eso lo que te ha dicho?

–No. Es lo que me imagino que hará un tiburón inmobiliario como tú.

David dio un paso atrás mirándola incrédulo.

–Tu tía aún no ha firmado nada, Libby, pero mi oferta ha sido de tres millones y medio de dólares, y sí, les he dicho que ella y Doug serían bienvenidos si querían quedarse en el hotel todo el tiempo que les diese la gana, pero eso no es parte del acuerdo económico.

Fue Libby quien entonces dio un paso atrás y parpadeó.

–¿Tres millones y medio? Has pagado demasiado, David –dijo ella–. Demasiado. El terreno es caro, pero no vale más de dos millones.

La voz de David fue considerablemente más baja y calmada que antes cuando dijo mirándola a los ojos:

–Sí, sé exactamente lo que vale, querida –dijo–. Confía en mí, Libby. Es mi negocio y sé lo que hago.

–Bueno, yo ya no entiendo nada de esto –dijo sacudiendo la cabeza–. Sé que seguramente protejo demasiado a mi tía, quien parece no necesitar protección en absoluto, y al mismo tiempo estoy locamente enamorada de ti, David, aunque sigo enfadada contigo... No puedo... –se quedó sin voz.

David sonrió.

–Bueno, la parte del amor está bien, tendremos que trabajarnos la del enfado, Ven aquí.

Se acercó a ella y la abrazó con fuerza.

–Yo también te amo, Libby. No sé por qué ha ocurrido ni cómo, pero sé que soy tuyo para siempre, si tú me quieres.

Libby casi se echó a reír al recordar su confusión sobre si había habido declaración o no.

–Sólo para aclarar las cosas, David –dijo apoyando la mejilla en su pecho–. ¿Aquello fue una proposición de matrimonio?

–Sí. Lo fue, a menos que prefieras seguir los pasos de tu tía –le acarició el pelo–. Sólo sé que quiero estar contigo los próximos setenta y cinco años.

–¿Eso es todo?

–Bueno, para empezar.

Capítulo Dieciséis

Los siguientes días parecieron pasar como entre niebla. Se quedaba dormida entre los brazos de David todas las noches después de hacer el amor y se despertaba todas las mañanas a su lado. Pero al margen de esos dos maravillosos momentos, había tantas cosas que hacer en el Marquis que Libby solía no saber si iba o venía.

El personal para la inauguración era enorme y estaban llenas todas las habitaciones y las suites. Esperar hasta dos horas para poder comer en el restaurante principal era lo común. El bar estaba atestado desde el momento que abría hasta que se cerraba por la noche. Libby vio a más famosos, tanto de la zona como de Hollywood, en unos días que en los treinta años previos. Si hubiese sido paparazzi habría estado en el paraíso.

–¿Es siempre así? –preguntó a David mientras estaban abrazados en la cama.

–Parece que las inauguraciones son cada vez más grandes y extravagantes –dijo con una nota de cansancio en la voz–, pero así son las cosas en estos días.

–Te quiero –dijo besándolo en la barbilla.

–Bueno, cuando todo esto acabe, cariño, nos iremos a un sitio más tranquilo. Una luna de miel, si quieres.

–Oh, eso sería maravilloso.

Durante esos días de locura, la presencia de Elizabeth y Doug en el hotel se convirtió en una bendición. Doug pasaba mucho tiempo en el vestíbulo disfrutando de la frenética actividad y dando información a los visitantes sobre los atractivos locales cada vez que oía de lejos que algún huésped preguntaba algo.

Era tan servicial, que cuando David se enteró, le puso un mostrador en una esquina del vestíbulo donde se sentaba feliz de responder a toda clase de preguntas. Se había convertido en un conserje extraordinario. Cada vez que Libby lo miraba parecía estar pasando el mejor momento de su vida.

Para no ser menos, la tía Elizabeth, para quien el mundo de la hostelería no era extraño, de alguna manera se había hecho con un taco de tarjetas sobre satisfacción de los clientes que ponía en manos de los huéspedes que se marchaban o esperaban para comer en el restaurante y les insistía en que las rellenasen allí mismo. «Sean sinceros», les decía a todos, «sus opiniones cuentan mucho».

¿Quién iba a negar algo a una señora de ochenta años?

Siempre que podía conseguir unos minutos del tiempo de David, le enseñaba sus notas. David era increíblemente paciente con ella, para tranquilidad de Libby.

–Por supuesto que tengo paciencia –le decía en respuesta a sus agradecimientos–. La semana de la inauguración tuvimos muchas quejas sobre la tardanza en la llegada de los equipajes a las habitaciones y tu tía tuvo una idea sobre un código de colores que puede que reduzca el tiempo a la mitad. Es una mujer increíble.

–Bueno, ha estado en el negocio muchísimo tiempo. Deberías ponerla en nómina –dijo de broma–. A Doug también.

–Por Dios, creo que lo haré.

–David, ¡no lo digo en serio!

–Bueno, yo sí.

Libby sólo tenía un problema pendiente. Los cincuenta mil dólares seguían en su cuenta y sin el Haven View como beneficiario tenía que pensar en otra forma de usar ese maravilloso regalo.

David no era de mucha ayuda.

–Hay un sinnúmero de organizaciones que podrían hacer uso de ese dinero, Libby. Sólo tienes que elegir una.

–Eso es demasiado impersonal –dijo ella sacudiendo la cabeza–. Quiero que sea algo especial, David. Me gustaría hacer algo más que firmar un cheque.

Fue el día que acompañó a su tía y a Doug al notario a firmar los papeles de la venta del Haven View cuando Libby descubrió cómo iba a utilizar ese dinero mágico.

David había llegado antes para arreglar algunas otras cosas previas a la compra del motel. La transacción fue bien. Libby no había dormido mucho la noche antes, preocupada porque su tía se arrepintiera en el último momento.

Más que triste, su tía pareció aliviada en el momento de transferir la propiedad con todos sus problemas a David. Casi parecía más joven en el momento de firmar los documentos.

–Ya está –dijo recurriendo al bastón para levantarse de la silla–. Me gustaría volver al Marquis, Doug y yo tenemos mucho trabajo.

Hubo abrazos y apretones de manos y después de que se hubieron marchado, el notario se sentó en su silla y preguntó a David si tenía planes para el Haven View.

–Pregunto porque hay un grupo interesado en esa superficie –dijo–. No igualarán lo que usted ha pagado por ella, pero sus fondos son abundantes y están deseando hablar, si usted quiere.

–Bueno, yo...

Libby interrumpió:

–¿David, podemos hablar en privado un momento?

El notario, que había oído esa pregunta miles de veces, se retiró discretamente.

–No lo vendas, David –dijo en cuanto se cerró la puerta–. Por favor, no lo vendas.

–Cariño, no pensaba hacerlo. Al menos no en mucho tiempo.

Ella suspiró y se sentó en una silla.

–Oh, gracias al Dios.

David le tomó una mano y se la llevó a los labios.

–Tienes una idea, ¿verdad? Puedo ver ese brillo en tus ojos.

Así era, tenía una idea.

Con una contribución considerable de David, además de sus cincuenta mil dólares, nació el parque infantil Haven View.

Libby y su cámara pasaron el siguiente mes supervisando cada detalle del pequeño país de las maravillas, empezando por la demolición de las viejas cabañas. Dejó la farola, sin embargo. Si su tía no era sentimental con el motel, al menos Libby se sentía impelida a conservar la farola donde David la había «abordado» por primera vez. Además le daba una agradable luz al parque después de la puesta de sol.

Era tan agradable que su tía y Doug decidieron casarse allí la primera semana de noviembre ante algunos de sus viejos amigos, con David y Libby como padrinos. Fue una bonita ceremonia conducida por el padre James y que fotografió Libby cuando no hacía de madrina.

David ofreció a los recién casados el avión de la compañía y una suite en el hotel de los suyos que quisieran en cualquier lugar del mundo, pero ambos dijeron estar demasiado ocupados como para dejar el Marquis.

–Creo que nosotros nos casaremos también aquí –dijo David mientras la gente salía de la ceremonia para asistir al banquete en el Marquis–. Este lugar es genuinamente familiar.

–Por mí, bien –dijo Libby tiritando por el frío.

Desabrochó el esmoquin de David y se metió en su maravilloso abrazo, de donde no pensaba salir jamás.